鉞《まさかり》ばばあと孫娘貸金始末

十両役者

千野隆司

集英社文庫

目次

本書は、集英社文庫のために書き下ろされた作品です。

鉞《まさかり》ばばあと孫娘貸金始末

十両役者

第一話

十両役者

一

七月も、昨日七夕《たなばた》が過ぎた。それなのに真っ青な空には、まだ積み重なった夏の雲が居座っていて残暑が厳しい。

「いい加減で、涼しくなってほしいねえ」

「まったくだ。まだ朝五つ（午前八時）を過ぎたばかりだというのに、目が回りそうだ。何とかならないものかねえ」

浅蜊《あさり》と蜆《しじみ》の振り売りが、商家の軒下に荷を下ろして、汗を拭きながら話をしていた。青物屋に並んだ茄子《なす》が、強い日差しを跳ね返している。

神田松枝町《かんだまつえだちょう》に住むお鈴《すず》は、墨や太さの違う筆などの商売道具が入った合切袋《がっさいぶくろ》を手に、客である湯島《ゆしま》六丁目の小間物屋へ向かおうとしていた。

日差しは眩《まぶ》しいが、そんなことは気にしない。正午過ぎれば、日差しはもっと強くなる。今のうちに気合を入れて、仕事を済ませようと考えていた。

お鈴の仕事は、暑い寒いは関係ない。ただ外でやる仕事だから、雨や強風のときはできない。長雨が続くと、実入りが減る。

小間物屋では、店の腰高障子が二枚外されて、斜めに立てかけられていた。どちらにも、新しい紙が張られている。

その白さが、眩しく見えた。

「ごめんください」

声をかけると、すぐに中年の主人が顔を見せた。

「待っていました。一つ面白いやつを、お願いしますよ」

主人は笑顔で言った。

「はい」

腰高障子に描く内容は、昨日店まで出向いて、主人と打ち合わせをしていた。大まかなところは決まっている。お鈴の仕事は、店の軒先に吊《つ》るす提灯《ちょうちん》や出入口の腰高障子、看板などに屋号や扱う商品を描くことだった。

書や絵は誰かに習ったわけではなかったが、自分で工夫をした。達筆とはお世辞にも言えないが、依頼主が満足してくれるならば、それでいいとお鈴は思っていた。

「なかなか味のある字と絵だねえ」

通りで仕事を始めると、立ち止まって出来上がる絵を見て行く人が少なからずいた。

お鈴が描く絵は、花鳥風月ではない。瓢箪《ひょうたん》やひょっとこ、飛び跳ねる蛙《かえる》など、ひょうきんなものが中心となっていた。

初めは遊びのつもりでやっていたが、思いがけず評判がよくなって、看板描きに精を出すようになった。

「お鈴ちゃんの絵のおかげで、お客が増えたよ」

と言ってくれた甘味屋のおかみさんがいた。うさぎが、汁粉や団子を食べている絵を描いた。墨一色で、太筆から細筆まで何本も使い分けた。

「早く一人前になりたい」

今は祖母お絹《きぬ》の世話になっているが、ずっとそう思って過ごしてきた。祖母の家を出て、看板描きで独り立ちするのである。ただ今は、そこまで行っていない。依頼主は少しずつ増えてきているが、一人で住まいを得て、食べられるようになるのはもう少し先だと感じていた。

「では、始めますね」

昨日打ち合わせたのは、三匹の猿が、鞠《まり》を転がして遊ぶ図だった。受け取り損ねた一匹が、血相を変えて追いかけ、他の二匹が笑っている。

筆に墨を吸わせて、一気に描き進めた。猿の体の曲線が、どこまでそれらしく見えるかが勝負だ。

鞠を蹴った猿の体は、うまく描けた。次は鞠を取り損ねた猿を笑う顔だ。相手を小ばかにしたような顔だ。これは憎たらしい人間の顔に似せた。

「いい感じで描けているねえ」

「まったくだねえ。今にも動き出しそうじゃないか」

立ち止まって見ていたご隠居ふうが言うと、中年の女房が返した。

お鈴にしても、我ながらよくできたと見直した。褒められると、「どうだ」という気持ちになる。

二匹目の猿もうまくいった。鞠を追いかける猿を、指差して笑っている。隅に草叢《くさむら》を描いて、一枚目の腰高障子が終わった。

もう一枚が、鞠を追いかける猿だ。追いかける必死な様子を描きたい。それでこそ、笑っている二匹と釣り合うと考えていた。具体的な絵柄は、昨日の夜に頭の中で描いた。足の運び方と手の伸ばし方を工夫した。

迷わず、一気に描き進める。迷うと勢いがなくなって、曲線が歪《ゆが》んだり線の太さが違ったりしてしまう。お足をいただく絵にはならない。

「おおっ」

描き上げて筆を紙から離すと、歓声が聞こえた。三匹とも、満足のゆく仕上がりだった。

「これで終わりだ」

難しいところを仕上げたお鈴は、ほっと胸を撫《な》でおろした。そしてすぐに、仕上げの転がってゆく鞠に取り掛かった。

「あっ」

筆を下ろしてから気がついた。鞠の位置が、描こうとしていたところと一寸（約三センチメートル）ほど違っていた。

それで動揺した。描き上がった鞠は、明らかに歪んでいた。

「ああ」

背後からため息が聞こえた。失望の声だが、がっかりの気持ちは自分のほうが大きいとお鈴は思った。これでは、仕上がったとはいえない。

受け取る手間賃は、腰高障子一枚で百二十文、二枚で二百文と決めていた。素人の手《て》遊《すさ》びではない。自分は銭を取る看板描きの職人として、雇い主と仕事の話をしてきた。

「やる以上は、覚悟を持っておやり」

お絹には、そう言われていた。

日雇い人足の手間賃は、一日で二百文から三百文である。それを十七歳の小娘が、半日足らずで稼いでしまう。ならば半端仕事はできない。

「すみません。描き直しをさせてください」

頭を下げ、見ていた主人に言った。

「そうだねえ、これじゃあねえ」

主人は苦笑いをした。看板は、店の顔だ。銭を出して頼む以上、予想通りのものを求めるだろう。

ただ描き直すとなれば、障子紙を張り直さなくてはならない。お鈴が糊《のり》と新しい紙を求めてきてやる仕事だ。

障子の張替えは、毎年のようにしていた。お絹に引き取られたときから、厳しく言われてやらされてきた。両親は芝大門《しばだいもん》前の通りで屋台のこわ飯屋を営んでいて、十年前の火事で亡くなった。兄弟はなかった。

それで母方の祖母お絹に引き取られた。

母とお絹は母娘《おやこ》でも、不仲だった。母が父と所帯を持つことに、お絹は反対していたからだ。お鈴が知る限り、二人には付き合いはなかった。両親を亡くして、祖母がいたことを知った。

だからお鈴がお絹と初めて会ったのは、両親の葬儀のときだった。お絹は行き場のない孫娘を、渋々といった顔で引き取った。

七歳で炊事などの家事を押しつけられた。初めは戸惑った。

「あんた、食べさしてやってんだからね」

が口癖だった。他に行き場所がなかったから、必死でやった。十歳になったときには、利息の取り立てにも行かされていた。今もやらされている。

お絹は女だてらに、金貸しを稼業にしていた。だから銭のやり取りには厳しい婆《ばあ》さんだった。

「お足をいただく以上、それに見合ったことをしなくちゃいけない」

銭を受け取って初の看板描きをする朝、お絹は言った。その通りだと思った。

看板を頼まれて、最後の鞠一つでもしくじれば、銭を受け取ることはできない。

「しくじりました」

で、そのままにするわけにもいかないのだ。

お鈴は紙と糊を手に入れてきて、張替えをした。もちろんその費《つい》えを、請求することはできなかった。張り終えても糊が乾くまでは、仕事ができない。明日もう一度、訪ねて来ることにした。

「あたしはまだ、半人前だ」

帰り道、呟《つぶや》きが漏れた。こういうしくじりは、久々だった。三匹の猿は、完璧だった。最後に、気が抜けてしまった。それさえなければと悔いがあるが、過ぎたことはどうしようもない。

神田小泉町《こいずみちょう》まで戻って来た。錠前職親方甚五郎《じんごろう》の家の前を通ると、職人の豆次郎《まめじろう》が立っていた。

お鈴と同じく十年前の火事で、両親を亡くした。お鈴と同じ歳《とし》で、子どもがいなかった甚五郎とお玉《たま》の夫婦に貰《もら》われた。手先は器用だが気が弱くて臆病、自分に自信がないから叱られてばかりいた。

「おいら、錠前職人には向いていないんだ」

弱音を吐くことが少なからずあった。

「しっかりおしよ」

お鈴は、何度もどやしつけてやった。

女々しいやつだとずっと思っていたが、近頃少し変わってきた。錠前造りの工夫について、口にするようになった。とはいえまだまだ半人前じゃないかという気持ちは、お鈴の中にあった。

「お鈴ちゃん、どうしたんだい。しょんぼりした顔をしてさ」

声をかけてきた。同情するような口ぶりに腹が立った。

「しょんぼりなんて、しちゃあいないよ。何をふざけたことを言うんだ」

腹立たしさがあって、ついきつい口調になった。豆次郎ごときに、同情なんてされてたまるかという気持ちだ。

「だってさあ、いつもと様子が違うから」

お鈴の剣幕に気圧《けお》されたらしく、しどろもどろになって答えた。

「ふん」

それ以上は相手にしない。立ち止まりもしないで、そのまま歩いた。自分の後ろ姿を見られていると思うと、涙が出そうになった。

「泣くものか」

と声に出して言った。

お絹と二人で暮らすしもた屋が近づいてきた。そこで立ち止まって、両手で頬をぱしぱしと叩《たた》いた。半べその顔など、見せたくない。

気持ちを鎮めてから、家に近づいて木戸を開けようとした。ちょうどそのとき、出入口から二十代半ばとおぼしき男が姿を見せた。

お鈴はどきりとした。

その男は羽織を身に着けて、きりりとした身なりだった。着物も帯も、安物ではない。それよりも驚いたのは、その辺では見かけないほど取り立ての男前だったことだ。鼻筋が通っていて、どこかしら気品もあった。身のこなしも、柔らかい。

客だと思うから、お鈴は道を空けた。

「これはどうも」

軽く頭を下げると、男は木戸から表の通りへ出て行った。

「うちにはそぐわない客だ」

と思った。金を借りるような人だとは思えない。とはいえお絹のもとには、いろいろな客がやって来る。一人一人詮索したら切りがなかった。

家に入って、お鈴はお絹に帰宅の挨拶をした。

「ずいぶん遅かったね。何かしくじりをしたようだね」

真っ先に告げられた言葉はこれだった。障子の張替えをしてから帰ったので、遅くなったのは仕方がなかった。

「ちょっとだけ」

明日、描き直しに出かけることを伝えた。

「何だい、ちょっとじゃないじゃないか。やり直しをさせられるんだろ」

容赦のない口ぶりだった。

若い頃は、よほどの美人だったらしい。その面影が残っているにしても、人を責めるときの顔は、夜叉《やしゃ》に見える。

「何があったのか、言ってごらん」

とやられて、何もないとは言えなかった。猿と鞠の絵の話をした。

「そうかい。それはあんたに、慢心があったからだ。慢心鼻を弾《はじ》かるっていうじゃないか」

「えっ」

「言葉の意味も知らないんだね。慢心があると、どこかで大恥をかくっていう意味だよ。あんたにぴったりじゃないか」

あっさりと片付けられた。悔しいが、その通りだと思った。

二

翌日は曇天だった。昨日までとは打って変わって、凌《しの》ぎやすい気候だった。

「今日は、しくじるんじゃないよ」

お鈴は出がけに、お絹に言われた。終わったら寄り道をせずに、すぐに戻って来いと付け足した。何か用があるらしい。

とはいえ、今のお鈴は描き直しの絵のことしか頭になかった。道具の入った合切袋を手にして、湯島六丁目へ向かった。

「じゃあ今日は、しっかりしたものをお願いしますよ」

小間物屋の主人が言った。

今日も通りがかりの者が足を止めた。近所の者も様子を見に来た。

「どうなるんだろうねえ」

という囁《ささや》き声が耳に入った。

お鈴は腰高障子の前で、大きく息を吸って気持ちを調えた。わずかに緊張があった。筆に墨を含ませた。

筆先を紙面に置いたらば、一気に動かした。すらすらいって、鞠を追う猿が出来上がった。昨日の猿よりも、豊かな表情になった。そして場所をはっきり定めて、鞠を描き入れた。手が自然に動いた。

「ああ、いいじゃないか」

昨日も見ていた隠居が言った。

「うん。きっちりと障子の中にはまっていますね」

主人が満足そうに言った。

屋号を書き入れると、それで仕事は終わった。腰高障子を、戸口に嵌《は》めた。閉じても開けても、図柄は人目を引くと思った。

「手間を掛けました」

お鈴は、ほっとした気持ちで答えた。描き上げてしまえば、どうということもないものなのだ。それでもしくじって、昨日は寝るまで気持ちがめげていた。

お絹から告げられた「慢心があったからだ」という言葉が、耳の奥に残っている。一人前になるのは、なかなか難しい。

手間賃の二百文を受け取って、お鈴は小間物屋を後にした。この二百文は、前の仕事の二百文よりも重い。


「戻りました」

家に帰ったお鈴は、お絹に挨拶をした。描き直しはうまくいったが、弾んだ気持ちは出さないようにした。当り前のことをした、というふうにしたかった。

けれどもお絹は、挨拶の言葉を聞いただけで言った。

「今日は、うまくいったようだね」

気持ちを抑えたつもりだったが、表情と声の響きで分かったらしい。こちらの腹の内が見透かされているようで面白くないが、これはいつものことだった。

「さあ、これに着替えるんだよ」

お絹は、新しい着物と帯を押し出した。

「まあ、これは」

艶《あで》やかな花柄だ。袖を通すと、ぴったりと合った。お鈴のために誂《あつら》えていたものだと分かった。そういえば、お絹も余所行《よそゆ》きの上物を身に着けている。

金貸しのお絹は、一文二文の銭にも執着を見せる。決して高利ではないが、取り立ては厳しかった。返済期限の延長は認めない。床の間には磨き上げられた鉞《まさかり》が置かれていて、それで脅す。返せなければ、住まいでも娘でも売らせた。

近所では、『銑ばばあ』と綽名《あだな》されていた。

新しい着物と帯は、安物ではないと分かる。一体どういうことかと、お鈴はお絹の顔を見た。

「いいから、さっさとお着よ。これからすぐに出かけるんだから」

怒ったような口調で言われた。

「はい」

逆らわずに着替えを始める。色違いの様々な菊が描かれている。これから着るには、ぴったりの柄だった。いつの間にこれを、と驚いた。

「あたしが連れ歩くのに、変な恰好《かっこう》はさせられないだろ」

こちらの気持ちを察したように、お絹は言った。

万事に吝《しわ》い上に、人使いが荒い。気に入らなければずけずけと文句を言ってくる。それも容赦がない。けれども七歳で引き取られてこの方、寒い思いをしたり食べることに困ったりすることはなかった。

お絹は初鰹《はつがつお》から始まって、口にするものについては贅沢《ぜいたく》だ。お鈴に用意をさせた。けれども食べるにあたっては、二人は同じものを食べた。二合の晩酌があるかないかの違いだけだった。

「なかなか似合うじゃないか。馬子《まご》にも衣装とは、よく言ったものだよ」

憎まれ口を叩いた。とはいえお鈴にしてみれば、おしゃれをすることは楽しい。豆次郎に見せて、自慢をしてやりたかった。

「それでどこへ行くの」

「木挽町《こびきちょう》だよ。河原崎座《かわらさきざ》の芝居を観《み》に行くんだ」

「ふーん」

そんな話は、初めて聞いた。演目は、『京鹿子娘道成寺《きょうがのこむすめどうじょうじ》』というものだそうな。
三、四か月に一度、お絹は芝居見物に出かけた。役者や演目によって出かけていたらしいが、お鈴を伴うことはこれまで一度もなかった。芝居狂いというほどではないが、関心はあったようだ。
二人で、松枝町の家を出た。木挽町に向かう道すがら、話をした。

「でもどうして、芝居なの」

木挽町の河原崎座のことは、お鈴でさえ知っている。官許の大芝居だ。

「昨日、あんたが帰ってくるすぐ前に、男前が帰っていっただろ」

「そういえば」

飛び抜けての男前だった。間抜け面の豆次郎とは大違いだ。昨日はしくじりをした直後だったから気持ちがめげていて、おやと思っただけだった。そうでなければ、胸がときめいたに違いない。

「あの男は、市村團五郎《いちむらだんごろう》という役者だよ」

「じゃあ、これから観に行く芝居に出るんだね」

「そうだよ。端役でね」

出かける理由は分かったが、それだけでは腑《ふ》に落ちない。

「あの人は、お金を借りに来たんじゃないの」

端役とはいえ大芝居に出るような人が、お絹に金を借りに来るというのもおかしな話ではないか。

「そうだよ。十五両を借りに来た」

「ずいぶん、大金じゃあないか」

商家の主人が、商いのために借りに来る額だ。役者が、どうしてそんな大金が必要なのかと不思議だった。

「あたしは、あいつが演じるのを観たことがない」

「ならば芝居を観て、貸せるかどうか決めるわけだね」

「そうだよ。大物になりそうならば、貸してもいい。でも大根で終わるような者ならば、貸せないよ」

お絹は金貸しが稼業だから、求められれば貸す。しかし返せる見込みのない者には、一文でも貸さなかった。

「だからあんたも、團五郎が金を貸せる役者かどうか、よく観ておくんだね」

付け足すように言った。

木挽町四丁目五丁目は、芝居町といっていいあたりだ。芝居小屋が並び、そこには役者の大看板が飾られ、色とりどりの幟《のぼり》がはためいていた。

並びには、芝居茶屋や飲食をさせる店もある。艶やかな衣装を身に着けた客が、茶屋から芝居小屋へ移ってゆく。

芝居見物の者だけでなく、通りがかりの者が立ち止まって大看板を見上げている。芝居番付や菓子などを扱う物売りの声も聞こえた。集まっている者たちは、どこか浮き立つ様子で、他の町とは空気が違った。

お絹は、河原崎座の大看板を見上げる場所で立ち止まった。『京鹿子娘道成寺』の絵看板だ。主役である白拍子《しらびょうし》花子《はなこ》を演じるのは、市村千代之助《ちよのすけ》だった。千代之助の名は、お鈴も聞いていた。もともとよい役を演じていたが、今回は初めての主演ということで評判になっていると教えられた。

「昨日の、團五郎さんは絵がないね」

「あるわけないさ。名が記されているのは、こっちの看板だよ」

絵看板ではなく、役者の名だけが記されているものだった。目を凝らすと、確かにそこには市村團五郎の名があった。

「主演の千代之助さんを凌ぐような男前なのにねえ」

　お鈴にしてみれば、得心のいかないところだ。

「そりゃあ、分かり切っていることだよ。千代之助さんは、市村屋一門の本家の次男坊さ。長男は病弱だから、いずれは本家を継ぐだろうと言われている」

「團五郎さんは」

「あれは分家の跡取りでね、なかなか主役や敵役《かたきやく》なんかは張れない。とはいえ一応は市村屋一門だから、台詞《せりふ》のある役はついてくる」

「ならば役者としては、食べていけるわけだね」

「まあそうだろうけど、それじゃあ面白くない。いつかは主役を張れる役者になりたいと、考えているのだろうさ」

　それは納得がいった。役者として、一人前になりたいということだと、お鈴は理解した。

　絵看板の下から木戸口へ行くのかと思ったら、そうではなかった。初音《はつね》という芝居茶屋へ行った。色暖簾《いろのれん》を分けると、愛想のいいおかみが出迎えた。

「お絹さん、お待ちしていましたよ。いつも御贔屓《ごひいき》にあずかります」

　揉《も》み手せんばかりの様子だった。お絹は、馴染客《なじみきゃく》といった扱いだ。

「千代之助さんの評判はどうかね」

「上々ですよ」

「それは何よりだ。これはあたしの孫でね」

おかみに紹介した。

「さようで。お話は伺っていますよ。お美しい。お着物もお似合いで」

愛想よく、お鈴に話しかけた。世辞だとは思っても、そこまで言われると照れくさい。

小座敷に通されて、茶菓を振る舞われた。

「團五郎さんについては、お世話になります」

「いやいや、まあ芝居を観てからね」

おかみの言葉に、お絹が返した。團五郎がお絹を訪ねたのは、どうやらここのおかみの口利きがあったからだと察せられた。

そして太鼓の音が聞こえてきた。

「そろそろ、次の出し物が始まるようですよ」

おかみに言われて、お絹とお鈴は腰を上げた。

「こちらでございます」

升席の中に、二人分の座る場があった。一升に七人まで入れる。先客は三人で、お絹はその客とは知り合いらしく、挨拶を交わした。

後で聞いた話だが、一升の料金は銀二十五匁《もんめ》（一両の約四割）で、これに敷物代が一人銀二匁、菓子が銀三匁で、酒が二匁だという。なかなかの贅沢だ。

　半畳分の畳表に布を張ったもので、これがないと土間に腰を下ろすことになる。

「芝居が面白くないと、引っ込めと言って、この半畳を投げつけるんだ」

「ずいぶん乱暴だね」

「だからやじったり茶化したりすることを、半畳を入れるっていうんだよ」

「なるほど」

　一つ言葉を知った。

　そしていよいよ、『京鹿子娘道成寺』が始まった。舞台は桜花爛漫《らんまん》の紀州にある道成寺だ。修行中の僧である所化《しょけ》たちが現れた。

「聞いたか聞いたか」

「聞いたぞ聞いたぞ」

　と繰り返して喋《しゃべ》る。その僧の一人が團五郎だった。声に張りがあって、若僧姿も美しかった。とはいえ端役には変わりない。

　主役は千代之助の白拍子花子である。烏帽子《えぼし》をつけ赤の振袖姿で、扇の一種である中啓を手に舞い始める。

「おおっ」

　声が上がった。優美で、見事な舞いだった。お鈴も見惚《みと》れて、ため息が何度も出た。

幕が引かれて、観客たちは千代之助の美しさを褒め称《たた》えた。團五郎を話題にする客はいなかった。

「所化の役は、どうだったの」

脇役とはいえ、冒頭の大事な役どころだとお鈴は思った。

「華も艶もないねえ」

端役の若い僧の役では表わしようがないとお鈴は思うが、お絹は酷評した。

三

翌日の朝の内、團五郎が顔を見せた。お絹は團五郎を客間に入れて、床の間を背に座って向かい合った。床の間には、錦の袋に入れた鉞が飾られている。

お鈴は茶を淹《い》れて出すと、隣の部屋へ入った。やり取りを聞くつもりだった。

「いかがでしょうか。私には、どうしても十五両が入用なのです」

「それはあんたの事情だろ。あたしには関わりがない」

「そうですがね、もしご用立てていただいたら、生涯にわたって恩に着ます」

「恩にねえ」

お絹は、気のない返事を返した。

「一昨日も話しましたが、十一月公演では『妹背山女庭訓《いもせやまおんなていきん》』をやります。私は本家のお師匠さんから、久我之助清舟《こがのすけきよふね》の役を頂戴しました」

「主役ではないけども、見せ場のある大役だねえ」

お絹が返した。

帝《みかど》を御所から追い出し、自らが帝位につこうとする蘇我入鹿《そがのいるか》は、横暴の限りを尽くしている。帝の復権を願う藤原鎌足《ふじわらのかまたり》らは、服従したと見せかけて入鹿討伐の機会を窺《うかが》う。古代王朝を舞台にした演目だというのは、すでにお絹から聞いていた。

久我之助清舟は切腹して果てるという、重要な見せ場があった。

「さようです。座頭のお師匠さんにお願いをし続けて、やっと手に入れたお役です」

「まあ、分家にはなかなか回ってこない役だろうね」

「ええ。ですから命を懸けても、うまくやりとげなくてはなりません。そして今この役を逃したら、もう二度と大きな役を得ることはできないと思います」

役者人生に関わると團五郎は言っていた。とはいっても、それでお絹の心は動かない。

「そのための衣装代だって言うんだろ」

「ご存じの通り、役に合わせた衣装は、演じ手が調えなくてはなりません」

そのための費えだと、お鈴は知った。團五郎は続けた。

「市村屋出入りの呉服屋宮戸屋《みやとや》で訊《き》きましたところ、縫製も含めて二十五両はいると告げられました」

「まあ、それくらいはいるだろうねえ」

「親戚や贔屓筋を当たって十両までは用意をいたしましたが、どうしても十五両が足りません。そこでお願いに上がっているわけです」

「話は分かったけど、担保なしでは貸せないよ。いったいあんたに、何があるんだい」

金貸しとして、ここは押さえておかなくてはならない点だ。お絹は善意や好意では金を貸さない。商いとして金を貸す。

團五郎は息を呑《の》んだ。数呼吸するほどの間が空いてから、ようやく声を出した。何と答えるか、迷ったらしかった。

「私の役者としてのこれからです。逃げも隠れもいたしません」

「役者としてのあんたねえ」

乗り気のしない声だ。同じくらい間を空けて、お絹は返した。

「あんたに貸せるのは、せいぜい十両までだね」

きっぱりと告げていた。團五郎は何かを言おうとしたらしいが、声が出なかった。さらにお絹の声が聞こえた。

「千代之助なら千両まで貸せるが、あんたは十両までだ。男前というだけならば、千代之助を超えている。なかなかのものだ。でもね、あんたの芝居には華がない」

決めつける言い方だった。役者としては、辛《つら》い言葉だろう。身じろぎしたのが、隣の部屋のお鈴にも分かった。

しばらく間が空いて、團五郎が告げた。

「十両を、お借りいたします」

やっと搾り出したような、掠《かす》れた声だった。

「そうかい。ならば貸そう。月利五分、年利にするなら初めの月から二割五分だ。どちらにするね」

「年利で」

「返せなかったら、本家の師匠のところへ行くよ」

團五郎にしたら、どこよりも行かれてほしくない場所だろう。だからこそお絹は、口にしたのだ。

「………」

そしてお絹は、床の間に立てかけている袋に手をかけたらしかった。金を貸す相手には、いつもすることだ。中からぴかぴかに磨かれた鉞を取り出す。今のお鈴には見えないが、ぞくりとするくらい冷酷な嗤《わら》いを口に浮かべているはずだった。

團五郎の生唾を呑み込む音が聞こえた。

「あたしゃ命懸けで金を貸しているんだよ。あんただって命懸けで返してもらわないとねえ」

「は、はあ」

「金を借りる以上は、それだけの覚悟をおしとということさ。甘えちゃあいけないよ」

お鈴が隣室を覗《のぞ》くと、お絹は鉞の刃先に指を添えたところだった。磨き抜かれた刃の部分に、お絹の顔が映っている。目鼻立ちが整っているから、なおさら鬼気迫ったものに感じられる。

鉞は、脅しに使うだけではない。実際に金が返せず、刃物を持って狼藉《ろうぜき》に至った者には応酬した。

お絹のふるった一撃は、賊となった相手の命を奪った。

近所の者や一度でもお絹から金を借りた者が鉞ばばあと呼ぶのは、これがあるからだ。鉞は毎日のように砥石《といし》で研いでいる。お鈴には触らせない。お鈴は近所の者からお転婆だと言われるが、お絹と比べれば自分など可愛《かわい》いものだと思っていた。

ここで怯《ひる》んで帰る者もいるが、團五郎はそうではなかった。体を硬くしたが、借りようという気持ちは揺るがない様子だった。

お絹は文机《ふづくえ》を團五郎の膝の前に置いた。紙と筆を置いて、借用証文を書かせた。署名を済ませたところで、十両を差し出した。

「後の五両は、どうするんだい」

「できる限りのことをします」

言い残した團五郎は、金子《きんす》を懐に入れて引き上げて行った。

その後でお絹とお鈴は話をした。

「どれほど男前でも、顔だけだったら十両だね。大根じゃあしょうがないし、色気も感じられない」

「でもね、そんなものは演じていれば、身についてくるものなんじゃあないのかしら」

看板描きの絵だって、始めたばかりのときよりもうまくなったと感じている。機会を得て描き続けていれば、必ずもっと上達する。

「そうかもしれないね」

お絹はあっさり認めた。そのまま続けた。

「どんなに駄目なやつだって、十年本気でやれば、少しは腕を上げる。豆次郎がそうじゃあないか」

豆次郎を例えに挙げられて、お鈴はびっくりした。けれどもそうかもしれないとも感じた。

「でも今のところは、あいつは十両までの役者だよ」

決めつけるように言った。

四

翌朝、お鈴は朝の片付けや洗濯を済ませたところで、日本橋住吉町《にほんばしすみよしちょう》の青物屋へ利息を受け取りに行った。数日前よりも暑さが和らぎ、だいぶ過ごしやすくなっている。行って喜ばれる役目ではないが、涼しくなればまだ救われた。

「お鈴ちゃんは、ちゃんと日を間違えずに来るねえ。まったく偉いよ」

褒め言葉というよりは、嫌味に聞こえる言葉と共に、店の親仁《おやじ》から利息分を受け取った。用事が済んだので家へ戻ってもよかったが、しなくてはならない何かがあるわけではなかった。

そこで頭に浮かんだのは、團五郎のことだった。お絹からさんざん言われても、十両を借りて行った。よほどの思いがあったのだろうと察せられた。あれから足りない五両の金策をしているはずだった。

「團五郎さんは、何をしているのだろう」

気になった。團五郎の住まいは築地南《つきじみなみ》飯田町《いいだまち》だと分かっている。見せてもらった借用証文に書いてあった。

様子を見に行ってみようと考えた。お節介だと分かっても、湧き上がってくる思いはどうしようもない。

南飯田町は江戸の海に近い。耳を澄ますと、潮騒《しおさい》の音が微《かす》かに聞こえてくる。

團五郎の住まいは、百坪ほどのしもた屋だった。近所の者に訊くと、先代のときから
ここに住んでいるという話だった。

「もう、家を出ましたか」

「さあ、見張っているわけじゃないからね。でも小屋に出かけるのは、これからじゃな
いかね」

そう告げられたので、出てくるのを待つことにした。

さして待つこともなく、團五郎が通りに出てきた。お鈴は近づいて頭を下げた。

「おや、あんたは」

お鈴を覚えていた。

「ごめんなさい。話し声が聞こえました。いろいろご心労ですね」

思い切って言ってみた。叱られるならば、仕方がないと思った。謝るだけだ。

「いやあ、何をやっても、いろいろあるからねえ」

腹を立てた様子はなかったので、胸を撫で下ろした。

「木挽町の小屋へいらっしゃるならば、ご一緒してもいいですか」

「かまいませんよ」

歩きながら、話ができることになった。

「十一月には、いいお役につくようで。楽しみです」

お絹に連れて行ってもらうつもりだった。

「ええ。逃すわけにはいきません。ずうっと待っていた役です」

「役を得るのも、たいへんなんですね」

「そりゃあそうですよ」

「どなたが役を決めるのですか」

芝居についてては、まったく疎いお鈴だ。

「それは市村屋のお師匠さんです。私ら役者を生かすも殺すも、お師匠さんの一言です」

師匠の一存で、どうにでもなるという話だと受け取った。市村屋の師匠は、本家当主の段十郎《だんじゅうろう》だと教えられた。名だけは聞いていた。

一昨日、舞台で目にした千代之助の父親だ。別の演目に出ていた。

「主演とまではいかなくても、それに次ぐ役を貰うのは容易なことではありません。何年も前からお願いをしていて、それがようやくかないました」

「衣装は、役者が用意をするのですね。お師匠さんのところには、ないのですか」

そのために二十五両が必要になり、お絹のところへやって来た。師匠のところにあるならば、それを使えばいいではないかとお鈴は思う。

「あるでしょうよ。でもね、それではいけません」

「どうしてですか」

「私なりの役作りをしなくては、後をなぞっているだけになります。そうならないためには、技を研《みが》くだけではなく、私だけの衣装がなくてはなりません」

「それで算盤《そろばん》が合うのですか」

それなりの出演料は貰うにしても、帳尻が合うのかと考えたのだ。

「算盤なんて、弾きませんよ。私に合う役で、大向こうを唸《うな》らせるような芝居ができれば、次はもっといい役が回ってきます」

お足は後からついてくると付け足した。

「だからこそ、値が張ってもいい衣装を拵《こしら》えるわけですね」

「そういうことです」

團五郎は、わずかに口もとに笑みを浮かべた。

「それで残りの五両は、どうにかなるのでしょうか」

口にしてしまってから、これもずいぶん不躾《ぶしつけ》な問いかけだと気がついた。

「なるようにするつもりです。お絹さんの鋏を目にして、覚悟が決まりました。あの人の腹の据わりようは、たいしたものでした」

鋏を手にしたときのお絹の言葉が、胸に染みたらしい。だからお鈴の問いかけにも、応ずる気持ちになったのかもしれなかった。

どうするつもりかと訊きたかったが、さすがにできなかった。

「衣装を、もっと安いところでできないのですか」

宮戸屋といったら、内神田通新石町《とおりしんこくちょう》の老舗《しにせ》の呉服屋だ。上物だけを扱う店として知られている。

「それはできません。市村屋の者は、お師匠さんが気に入っているあの店以外で拵えることはできません」

そういうものかと考えて、喉から出かかった言葉をお鈴は呑み込んだ。團五郎は、市村屋の中で生きてゆくしかないのだと身に染みた。

話したいことはいくらでも湧いて出てきたが、河原崎座の小屋の前に着いてしまった。

「それじゃあ」

團五郎は、小屋の中へ入っていった。その出入口に三十歳前後とおぼしい、遊び人ふうの身なりをした男が立っていた。團五郎と目が合うと、男は黙礼をした。團五郎は、それを返した。知らない相手ではないらしい。

とはいえその男は、身なりからして役者ではなさそうだった。男前の部類に入る面貌だが、どこか荒《すさ》んだ気配を漂わせていた。

「あんた、團五郎さんの知り合いかね」

話をしながら歩いてきたのを、見ていたようだ。そう話しかけてきた。

「ええ、少しばかり」

詳しいことを伝えるつもりはなかった。

「あっしは寅之助《とらのすけ》という者で、いろいろと役者さんやお茶屋さんの御用を足して、お役に立っている」

向こうから話した。ならば少しは、團五郎のことを聞けるかと思った。

「團五郎さんは十一月の公演で、いいお役が得られるそうですね。何よりです」

と言ってみた。袂《たもと》に、少し多めの銭を落としてやった。

「ああ、『妹背山女庭訓』で久我之助清舟の役をやるという話だね」

さらりと答えたところを見ると、木挽町界隈《かいわい》では知られた話なのだと思った。

「すごいじゃないですか」

と返した。

「まあ、師匠の段十郎さんの温情だろうね」

事情通だと、自負する言い方だ。

「将来を踏まえて、選ばれたということですね」

「さあ、どんな事情があったか知らないが。でも他にも、久我之助清舟の役を狙っていた役者はいるよ。その人たちだって、いろいろとやってきたんだろうから、羨ましいと思うだろうねえ」

考えもしなかったが、聞いてみてそうかもしれないとは感じた。何という役者か知りたかったが、それが誰か寅之助は口にしなかった。

競う相手がいるならば、團五郎にしたら金子を惜しむわけにはいかないだろう。代わりはいくらでもいるという話だ。

「役者もおちおちしていられない」

たいへんだと同情した。

五

「なるほど、この御衣装ですね」

質屋の平助《へいすけ》は、團五郎が部屋に広げた衣装を見て言った。芝居がはねた後、霊岸島《れいがんじま》の平助の店へ寄って、築地の家へ来て衣装を見てほしいと頼んだのだった。

先代の團五郎が、身に着けた衣装だ。家宝とも思っていた品だ。亡き父は女形《おやま》で、絶頂のときに演じたのが『一谷嫩軍記《いちのたにふたばぐんき》』の熊谷陣屋《くまがいじんや》での相模《さがみ》の役だった。主役熊谷次郎《じろう》直実《なおざね》の妻という重い役で、その衣装は大事にしまわれていた。

「あのときの先代は、たいしたものだった。立ち居に華があった。おまえはまだまだそれに及ばない」

師匠の段十郎に言われた。つい半月ほど前のことだ。

「はい」

團五郎は答えた。その通りだと思うからだが、師匠に言われれば「はい」という言葉以外は口に出すことができなかった。「いいえ」と言えば、その日から市村屋の屋敷と河原崎座の小屋への出入りができなくなる。

「そこでだが、十一月の演目『妹背山女庭訓』の久我之助清舟の役を、おまえにやってもらおうと思う」

「ま、まことで」

信じがたい言葉で、一呼吸するほどの間、息苦しくなるほどだった。

「他にもやりたい者やらせたい者はいくらもいるが、おまえに機会をやることにした」

「ありがたき幸せ」

小躍りしたい気持ちを抑えて両手を突き、額を畳にこすりつけた。他にも自分と同じような立場にいて、役を求めている者はいた。その者たちには負けたくないし、もっと上を目指していた。

「先代のような、華のある演技をしろ。できるようになれば、男前というだけの役者ではなくなる。そのためにには、それに見合う衣装が必要だ。うちにもあるが、それではなく、おまえだけの目立つものを誂えねばならぬ。やれるか」

「ははっ」

金のゆとりはないが、二度目がいつ来るか分からない好機を、逃がすつもりはなかった。

「ならばこれは、私からの祝儀だ」

差し出された懐紙の上に、三両が載っていた。これで済むわけではないが、祝儀であることは間違いない。後は己で拵えよという話である。二、三十両は入用となるだろう。しかしそれだけ腹を括《くく》ってかかれという意味だとも受け取った。

團五郎は、三両を捧《ささ》げ持った上で懐へ押し込んだ。

それから贔屓筋を廻《まわ》って金を借りた。太い贔屓筋があるわけではないから、七両を拵えるのがやっとだった。それで芝居茶屋初音の紹介した、金貸しのお絹を頼ったのである。

宮戸屋の主人清《せい》右《え》衛門《もん》から告げられた衣装代は、二十五両だ。まだ五両が足りない。それで腹を決めた。先代の衣装は、いつ自分が着ることになるか分からない。女形もやれると思っている。けれども今は、役に立てようと決めた。

「じきに受け出すから五両でいい。預かってもらいたい」

團五郎は、平助に言った。流すつもりはなかった。新調すれば、二十五両では済まないだろう。

「芝居の御衣装は、そう売れるものではありません。ですがまあ、先代の市村團五郎さんがお召しになったものですから、お預かりしましょう」

これで二十五両が調った。

翌日團五郎が小屋へ行くと、宮戸屋の清右衛門が姿を見せていた。千代之助を訪ねて来ていたらしい。

都合がよかった。

「れいの衣装だが、金子が調いました。芝居がはねた後の夕方頃、店に持って行きますよ」

「調ったのは何より、お待ちしています」

布地や形などについては、大まかな話は済ませていた。金さえ払えば、宮戸屋は仕事を始める。團五郎は、金のことは考えずに役作りに専念できる。

芝居がはねて、師匠に挨拶を済ませた團五郎は、南飯田町の自分の家へ帰った。小判二十五枚を数え直してから、懐に入れて通新石町の宮戸屋を目指した。

大事な金子なので、着物の上から手で押さえた。

八丁堀《はっちょうぼり》南の武家地を通れば早いが、人気のない道なので避けた。鉄砲洲《てっぽうず》の町を経て、南八丁堀の河岸《かし》の道に出た。

ここで團五郎は、世話になった贔屓筋に金子が調った礼をしておくべきだと考えた。宮戸屋へ行ってからだと遅くなる。挨拶をするだけなので、先にそちらへ行くことにした。

神田小泉町の葉茶屋の隠居である。先代からの付き合いだった。

玄関先で挨拶をしただけだが、金子が調ったことを喜んでくれた。

「あんたは、機会さえあれば大きくなれる」

そう言ってくれたのは嬉《うれ》しかった。

通りに出ると、西空の低いあたりがすっかり朱色に染まっていた。足元や路地は、すでに薄闇が這《は》っている。この刻限になると、虫の音が騒がしくなった。朝夕は、吹く風が心地よい。

逢魔《おうま》が時《とき》ということか、横道に人気はなかった。少しして誰かがつけてきていることに気がついた。團五郎はどきりとして振り向いた。

顔に布を巻いた男が、走り寄って来る。

「な、何だ」

声を出したときには、肩を摑《つか》まれていた。予想もしない速い動きだった。

團五郎はもがいて、摑んでいる手を離そうとしたが外れない。強い力で押されて、板塀に体を押しつけられた。

「わあっ」

ここでやっと叫び声が出たが、次の瞬間には下腹に拳を突き込まれた。

お鈴は、大叔父の倉蔵《くらぞう》から揚心流《ようしんりゆう》の柔術を習っていた。倉蔵はお絹の弟だ。一回り以上歳の若い女房おトヨと、小泉町でうさぎ屋という田楽屋を営んでいる。夫婦には子どもがいないので、お鈴はお絹に引き取られたときから姪《めい》として可愛がってもらった。

「これからは女だって、自分の身を守らないとね」

倉蔵から稽古を受けたいと話すと、お絹も賛成した。

習い始めてもう、何年にもなる。今では、町の破落戸《ごろつき》にも引けを取らない腕前になった。倉蔵との稽古は楽しかった。これもお転婆だと噂《うわさ》される所以《ゆえん》だ。

稽古が済むと、倉蔵は田楽屋の店を開ける。田楽で酒を飲む客が集まって来る。

そこへ町の若い衆が駆け込んで来た。

「てえへんだ」

すぐそこで、人が襲われ金子二十五両が奪われたというのだった。

「怪我人《けがにん》は」

「下腹を突かれて、気を失っただけのようで」

ともあれ倉蔵は出向くことに。倉蔵は、北町奉行所定町廻《じょうまちまわ》り同心の須黒伊佐兵衛《すぐろいさべえ》から手札を受け取って、小泉町や松枝町といったこの辺りを縄張りにする岡っ引きを兼ねていた。だから若い衆が、駆け込んで来たのである。

お鈴もついて行くことにした。めったにない大事件だ。放っては置けない。

行ってみて仰天した。

「團五郎さんじゃあないか」

大きな声が出た。

「知り合いか」

倉蔵に尋ねられて、分かることのすべてを伝えた。

「ああ、どうしたらいいんだ。わ、私はこれで、役者としては生きていけない」

團五郎は、混乱している様子だった。ようやく調えた二十五両が奪われたのである。

慌てふためくのは当然だろう。

「落ちつきなよ」

とお鈴は怒鳴りつけた。水を飲ませて、息を整えさせたところで事情を聞いた。

「じゃあつけてきて、襲ったわけだね」

「そ、そうです。気がついたら、懐にあった金子がなくなっていて」

「襲った者に、見覚えはなかったか」

倉蔵が問いかけた。團五郎の懐に金子があることを、知った上での犯行と考えられるからだ。

「顔に布を巻いていました。襲われてすぐに気絶させられたので、襲った者が誰かの見当はつきません」

悔しそうな顔で團五郎は答えた。そして続けた。

「どうぞ、奪われた二十五両を奪い返してくださいませ」

怒りを抑え、涙ぐんだ目になって倉蔵に頭を下げた。

現場には何人か集まって来ていて、それらの者からも話を聞いた。

「走って逃げる男の後ろ姿を見ました」

と告げた者がいた。このあたりを廻る豆腐売りの爺《じい》さんだ。しかし薄暗がりで、顔はよく見えなかったとか。他は、騒ぎになってから集まって来た者たちだった。

「おまえさんを襲いそうな者で、思い当たる者はいねえか」

倉蔵は、團五郎に問いかけた。

「それは」

首を傾《かし》げた。思い当たらないらしい。

「團五郎さんが、いい役につくのが気に入らない人がいるんじゃないかい」

思いついたお鈴は言ってみた。

「それならば」

名を挙げたのは、三人だった。市村芝蔵《しばぞう》と市村喜三郎《きさぶろう》、それに中村富助《なかむらとみすけ》という者だった。芝蔵と喜三郎は段十郎の弟子で、富助は屋号こそ違うが、親戚付き合いをしている市村屋の流れを汲《く》む者だと告げた。三人とも、二十代半ばの歳だそうな。

「久我之助清舟の役を狙っている人だね」

「そうです」

お鈴の問いかけに、團五郎が答えた。確かな証拠があるわけではない。しかし團五郎とは同格の役者で、演じられなくなれば、お鉢が回ってくる者たちだという。

「分かった。とにかく、当たってみよう」

倉蔵は言った。

團五郎は引き上げさせた。この場を立ち去りがたかったらしいが、邪魔になるだけだった。

お鈴は晩飯作りに家へ帰る。何があろうと、支度ができていないと、お絹の機嫌が悪くなる。

六

家に帰ったお鈴は、早速團五郎について今しがたあったことを伝えた。昨日聞き込んだことについては、すでに話していた。

「足りなかった残りの五両は、とんでもない思いをして拵えたんだろうよ」

「そうだね。何としても役を得たかったわけだからね」

「それを容易《たやす》く盗まれちまうなんて、何て間抜けなんだい」

聞き終えたお絹は、腹立たし気に言った。同情はしていなかった。

「まあ、そうだけど」

團五郎は、もっと慎重に動くべきだったのは間違いない。用心が足りなかったのは明らかだ。もっと明るいときに出かけるとか、信頼のおける者と歩くとか考えるべきだった。

とはいっても、今さらどうにもならない。少しでも早く、倉蔵に捕らえてもらいたいところだ。

「でもさあ、このまま金子が戻らなかったら、團五郎さんはどうなるんだろう」

事情が分かるから、他人事《ひとごと》とはいえない気持ちだった。

「何であろうと、貸した金は返してもらうよ」

　お絹はきっぱりと口にした。そう返すだろうとは分かっていた。ただ團五郎の身になると、このままでは済まない。衣装の用意ができなければ、せっかくの役を演じることはできなくなる。

「また借りに来るかもしれないよ」

「ふん。来たって貸すものか。こんなに不用心なやつに」

「そうだけど、衣装がなければ團五郎さんは今のままだよ。役が上がらないと、お金も返せない」

　将来を見越したから、お絹は金子を貸したのだとお鈴は思った。

「そのときには、あいつの親が遺《のこ》した衣装を貰うさ。どうせあいつには、演じられない役なんだから」

　さすがにお絹は、非情だった。

　そして深夜になって、倉蔵がやって来た。ここまでの調べについて、知らせに来たのだ。

「周辺を聞き込んだが、襲う場面を見ていた者はいなかった」

　團五郎の叫び声を聞きつけて、下駄屋の若旦那が外へ飛び出した。そのとき駆け抜けて行く男の姿が見えた。それで道に目をやると、倒れている男の姿が見えた。体を揺すって、意識を戻させたのである。

「他に見た者は」

お絹も、気にはなるらしかった。いつもはさっさと寝てしまうが、来ると分かってい
たから待っていた。

「豆腐屋の爺さんが逃げる男の後ろ姿を見ていたが、近所では他にいなかった」

走り去った方向を当たったが、人通りのある所では、走って逃げる者の姿を見た者は
いない。

「顔に布を巻いて走っていれば、怪しまれるからね。襲ったやつも、それは考えただろ
うさ」

お絹が返したが、盗人《ぬすっと》には逃げられてしまったことになる。

「悔しいねえ」

このままでは終わらせられない気持ちで、お鈴は言った。

「團五郎が名を挙げた三人の役者だが、姉さんは、その者たちを知っていますかい」

三人の名については、お鈴が伝えていた。

「知らないねえ。そんな大部屋役者」

「明日は、その三人に当たるよ」

倉蔵はそう告げると、引き上げて行った。

翌朝お鈴は、朝の支度を済ませると、うさぎ屋へ行った。倉蔵に頼んで、今日の聞き込みについて行かせてもらうのである。

「まったくお鈴は、おせっかいだな」

面倒臭そうな顔をしたが、倉蔵はだめだとは言わなかった。

初めに行ったのは、中村富助のところだ。市村屋から分かれた家だから、一門とはいっても住まいは別のところにあった。團五郎と同じような立場だ。

汐留川《しおどめがわ》を南に渡った芝口新町《しばぐちしんまち》に住まいがあった。小屋のある木挽町五丁目とは、至近の距離となる。

住まいは五十坪くらいの、しもた屋だった。近くで訊くと、借家だそうな。父親は健在でまだ舞台に立っているが、主役や敵役を演じられる役者にはなっていなかった。富助は二十五歳で、これからの者だ。

「ならば少しでも早く、いい役につきたいだろうね」

「襲撃のあった刻限にいなかったら、怪しいだろうよ」

お鈴の言葉に倉蔵が返した。

富助は家にいた。今月は出番がないので、小屋へ顔出しはするにしても、急ぐことはないという話だった。

「團五郎さんは、とんでもないことになったようで」

現れた富助は、憐《あわ》れむような表情で言った。

「もう知っているのか」

「ええ、そんな話をしている者がいました」

当り前のような顔で答えていた。

「我々の世界は、噂が広まるのは早いですよ」

と続けた。

「大金が奪われたわけだから、捨て置くわけにはいかねえ。そこで尋ねるんだが、團五郎に恨みを持つものや、襲うわけのある者がいたら教えてもらいたい」

倉蔵は来意を伝えた。

「それは難儀なことでございます」

まずはねぎらうようなことを口にした。それから腕組みをして考える仕草をした。

「小さなことでいい。話してみな」

「まあ、どんなことでも恨みを持たれることはありますし、金が欲しい者ならば、恨みがなくても襲うのではないでしょうか」

他人事といった口ぶりだった。その冷ややかさに、お鈴は怒りが湧いた。場合によっては役者としての一生に、禍根を残すかもしれないのである。

「しかし大金を奪われた。懐にあることを承知の上で、襲ったのは明らかだ」

倉蔵が問いかけを続ける。

「それは酷《ひど》いやつですねえ。でもよほど團五郎さんとは、親しかったのでしょうか」

さして親しくはなかった自分は関わりがない、とでも言いたいのかもしれない。

「おめえは、知らなかったんだな」

「もちろんでございます。あの人が、衣装のための金子を求めているという話は聞いていましたけど」

「それを昨日、奪われたわけだ」

「まことに、御難なことで」

憐れむ表情をしたが、目は面白がっているようにも感じた。團五郎が演じられなくなれば、お鉢が回ってくる可能性があった。

「これは念のために訊くんだが、昨日の夕暮れどきあたりは、どこにいたんだ」

「それならば、家に帰っていました。隣のおかみさんに会って、挨拶をしました」

事実ならば、神田小泉町へ行って團五郎を襲うことはできない。自分は関わりないよ、といった冷めた口ぶりだった。

富助の家を出て、お鈴は倉蔵と隣の家へ行った。そこの女房に、昨夕のことを確かめたのである。

「ええ、会いましたよ。挨拶をしてから、富助さんは家へ入っていきました」

これで富助は、犯行を行えなかったことになる。

七

次は市村段十郎の住まいへ行った。築地南小田原町《みなみおだわらちょう》二丁目にある。西本願寺と江戸の海に挟まれたあたりだ。

町に入って通りかかった者に尋ねると、住まいはすぐに分かった。敷地二百坪ほどの、黒板塀に囲まれた瀟洒《しょうしゃ》な住まいだった。見越しの松が、真っ先に目に入った。手入れも掃除も行き届いている。

「さすがに、千両役者の家ということか」

建物の前に立つと、倉蔵が言った。

芝蔵と喜三郎は、師匠である段十郎の家に住み込んでいた。声をかけると、十六、七歳の若い衆が出てきた。これも役者らしく、目鼻立ちは整っていた。

倉蔵は十手《じって》を見せた上で、若い衆に昨夕の芝蔵と喜三郎の動きについて訊いた。

「芝蔵さんは小屋から戻って来て、出かけませんでした。喜三郎さんは、日が暮れる前に出て行きました。行き先は聞いていません」

家にいた芝蔵とは、夕食を共にしたとか。ならば出ていないのは明らかだった。

お鈴はここで気になっていたことを尋ねた。

「師匠の段十郎さんは、團五郎さんが金子を奪われたことについては、知っているのでしょうか」

「ええ。伝わっています」

「何かなさるのですか」

「そういう話は、聞きませんが」

どうしてそんな話をするのかという顔をされた。金子を奪われたことは團五郎にとっては大問題だが、一門の出来事ではないといった印象を受けた。若い衆も、同情をしているといった気配は感じなかった。

お鈴にしてみれば不満だが、どうすることもできなかった。若い衆にとっても、團五郎は競争相手ということか。

芝蔵は役があるので、河原崎座へ出ているそうな。喜三郎は家にいて、話をすることができた。富助よりもはるかに男前で、團五郎といい勝負だ。

倉蔵は十手を見せた上で、富助にしたのと同じような問いかけをしてゆく。

「團五郎さんも、とんでもない目に遭いましたね。同情をしますよ」

喜三郎は、一応神妙な口ぶりで言った。

ここでもまずは、恨んでいる者や金を欲しがっている者はいなかったかと訊いた。

「團五郎さんへの恨みや金については分かりませんがね、久我之助清舟の役を狙っている者はいると思いますよ」

あれは腕次第で客を泣かせられる、いい役だと言い足した。

「おめえも、狙っているんじゃあねえのか」

倉蔵は、わざと意地悪な言い方をしていた。

「とんでもない。私など、まだまだですよ」

首を振った。とんでもないといった言い方だ。とはいえそれは、口先だけだともお鈴は感じた。

「じゃあ誰が、ふさわしいんでえ」

「そうですねえ、中村富助さんか芝蔵さんあたりでしょうか」

口に出してから、慌てて富助や芝蔵が怪しい、何かをしたという意味ではないと告げた。

「他に、襲いそうな者はいねえのか」

「思いつきませんが」

「ならば訊くが、おめえ昨日の夕刻あたりから一刻《いっとき》（約二時間）ほどの間、どこへ行っていたんだ」

大事な問いかけだ。喜三郎はそれで、どきりとしたような顔になった。

「私は木挽町七丁目のうた屋という小料理屋で、酒を飲んでいました」

「そうかい。確かめるぜ」

「どうぞ」

倉蔵は凄《すご》んだが、喜三郎は動じなかった。

お鈴は倉蔵について、木挽町七丁目へ行った。木挽町は三十間堀《さんじつけんぼり》の東南側の河岸に一丁目から七丁目までが並んでいた。

うた屋はまだ商いを始めていなかった。店の外では、十四、五歳の娘が掃除をしている。倉蔵が腰高障子を開けて声をかけると、女房らしい中年の女が出てきた。

ここでも十手を見せてから問いかけをした。

「役者の市村喜三郎を知っているな」

「はい。月に何度か、顔を見せていただきます」

「昨日の口開け、夕暮れどきには来ていなかったか」

倉蔵が問いかけると、わずかにどきりとした顔になった。けれどもすぐに元の表情に戻って答えた。

「お見えになっていました」

「そうかい。ずっといたんだな」

「一刻くらいだったと思います。お一人で飲んでいたので、目立ちませんでしたけど」

「なるほど」

それで倉蔵は店を出た。外で掃除をしている娘にも問いかけをした。

「役者の喜三郎を知っているな」

「はい。男前の役者さんですから」

「それで昨日の夕刻には、店に来ていたわけだな」

「いえ、来ていませんでした」

「間違いないか」

「そりゃあ、間違えるわけがありません。この店では他にはいない男前なんですから」

娘が嘘《うそ》をついているとは感じなかった。

「喜三郎は、女房にたっぷりの銭をあげたんじゃないだろうか」

お鈴は頭に浮かんだことを、倉蔵に伝えた。来ていなかったのならば、喜三郎が怪しいという話になる。女房に嘘をつかせたことになる。

店の中に戻った。倉蔵が、腰から十手を抜いて凄んだ。

「嘘をつくと、こいつが黙っちゃあいねえぜ」

女房は、体を震わせた。

「すみません。喜三郎さんに頼まれましたもので」

相手が誰であれ、問われたら店で飲んでいたことにしてほしいと頼まれていたのだと白状した。常連と言っていいし、銭も受け取っていた。男前の役者に頼まれれば、断りにくかったのかもしれない。

「なぜ、そのようなことを頼んだか分かるか」

「さあそれは」

金を奪うとなれば、それは誰にも言わないだろう。

「團五郎さんを襲ったのは、喜三郎に違いないね。同情するとか言ってたけど、芝居じゃあないか」

「一応、他も当たってみよう」

お鈴は腹立たしい気持ちで決めつけたが、倉蔵は慎重だった。

昨日の夕刻、小料理屋うた屋へ行っていなかったとしたら、どこへ行ったのか。まだ團五郎を襲ったとは断定できない。倉蔵の言う意味を、お鈴は理解した。

自分はすぐに熱くなる、気をつけなくてはと思った。

「じゃあ、仲間の役者に訊いてみよう。きっと何かがあるよ」

「そうだな」

木挽町の河原崎座の小屋へ行った。倉蔵は木戸番の男に十手を見せて、芝蔵のいる大部屋の前へ行った。廊下へ呼び出したのである。ついて行ったお鈴は、楽屋の様子を初めて目にした。鬢付《びんつ》け油《あぶら》や白粉《おしろい》のにおいが、鼻を突いてきた。

出番の済んだ芝蔵は、これから化粧を落とそうというところだった。倉蔵は人のいない衣装が並ぶ部屋へ案内させて、そこで話を聞いた。

「昨夕の喜三郎だが、出かけた先は分かっているか」

芝蔵が師匠の家にいたことは分かっているから、それについては触れなかった。

「さあ。いちいち訊きませんので」

「團五郎が襲われた件は、知っているな」

「はい」

「喜三郎との仲は、どうだったんだ」

この問いかけで、芝蔵は倉蔵が喜三郎を疑っていると気づいたはずだった。けれども気持ちが動いた様子は窺わせなかった。

「まあ、役を競っている仲ですから」

と答え、それ以上のことは口にしなかった。その答えには、喜三郎が手を出してもおかしくないという意味合いが含まれている。自分だって競っているだろうとお鈴は思うが、今は疑われていないと察しているらしい。芝蔵はゆとりをもって答えていた。

團五郎を案じる言葉は出なかった。競争相手が、一人減ったというあたりか。喜三郎も消えれば、芝蔵には都合がよさそうだ。

「喜三郎のこの数日の暮らしぶりで、変わったことはなかったか」

「妙に、そわそわしていると感じることはありました」

「芝居の役どころについてか」

久我之助清舟の役が、転がり込んでくるかもしれないという期待からの落ち着きのなさか。それならばお鈴にも、気持ちが理解できる。

「あいつには、いい女の客がついていますからね」

「團五郎だって、おめえだって男前じゃねえか」

倉蔵が言った。町を歩いている、その辺の男とはみな違う。

「いや、私程度じゃあだめですよ。喜三郎と比べたら、團五郎の方が男前ですが、持てるのは喜三郎の方です」

「なぜだ」

「あいつは、気褄《きづま》を合わせるのがうまい。女客は、いちころですよ。まあ喜三郎の演技が今一つなのは、そういう浮ついたところがあるからかもしれませんがね」

「ならばいい贔屓客がついているということではないか」

「まあ、そうですね」

「喜三郎のことがよく分かる者はいないか」

「寅之助あたりならば、私なんかよりも分かっているかもしれません」

少し考えてから、芝蔵は答えた。寅之助は元市村屋の役者で、目が出ず廃業した。木挽町界隈の茶屋で使い走りをして小銭を稼いでいる者だと付け足した。芝居がはねた後、役者と贔屓筋が食事などを取る場合に、その段取りを調えることもするのだとか。

「ああ」

お鈴はその名に聞き覚えがあった。一昨日團五郎と一緒に小屋まで歩いてきたお鈴に、團五郎と別れた後で声をかけてきた者だった。

小屋を出て、寅之助を捜した。何人かに訊くと、居所が分かった。この界隈で過ごしている者だから、手間はかからなかった。

寅之助は、このあたりの地回りの子分とも近いと話す者がいた。どのような素性の者でも、話が聞けるならばそれでいい。

芝居に関わる者三人に訊いて、寅之助を捜し出すことができた。

「ええ。喜三郎のことならば、よく知っていやすぜ」

倉蔵が相手だからか、下手に出た言い方をした。

「昨夕のことだが、喜三郎が何をしていたか分かるか」

単刀直入な問いかけに、寅之助は多少驚いたらしいが、すぐに笑いながら首を横に振った。

「あっしは、ずっと一緒にいるわけじゃあねえので」

あっさりといなされた。

「喜三郎は、腕っぷしはどうだ」

「それはなかなかなんじゃねえですか。あいつは色男と舐《な》めてかかってきた破落戸を、逆にのしちまったことがありやす」

倉蔵は、團五郎を襲えるかどうか尋ねたのだ。

寅之助の発言も、喜三郎が襲っていない証《あかし》になるものではなかった。

「喜三郎には、女の贔屓客がいるようだな」

「そりゃあいますよ」

「一番金蔓《かねづる》になりそうなのは、誰か」

「そうですねえ。はっきりはしませんが、三浦屋《みうらや》のおかみさんあたりでしょうかね」

芝源助町《げんすけちょう》の足袋屋のおかみでお鶴《つる》という名だとか。歳は四十前後で、店の主人は婿だった。だから芝居通いができた。

お鈴は早速、倉蔵と共に源助町の三浦屋を目指した。

三浦屋は、間口五間半の大店《おおだな》だった。裏木戸へ回って、倉蔵はお鶴を呼び出した。

「何でしょうか」

いかにも迷惑そうな顔をした。こちらが十手持ちなので、仕方がなく相手をしているといった様子だった。そこでお鈴が問いかけをした。訪ねた用件については言わない。

「おかみさんは昨日、河原崎座の芝居を観に行きましたね」

確証はないが、そう言ってみた。

「行きましたよ」

身構えた口ぶりになって答えた。

「その後、どうしましたか」

「帰りましたよ」

「間違いないですか。寄り道はしませんでしたか」

お鈴は迫った。お鶴は、この話を嫌がっていると感じたからだ。團五郎襲撃に関わりのないことならばそのままにするつもりだが、確かめたかった。

「しませんよ」

「店の人に、帰った刻限を確かめますよ」

と告げると、肩を落とした。強気にしていた表情に、弱気が見えた。

「喜三郎さんと会っていたんじゃないですか」

「ええっ」

はっきりと、怯《おび》えた顔になった。いくら家付き女房でも、してはいけないことがある。ただそれを、暴きに来たわけではなかった。

「教えてくれたら、引き上げます。このことは、これっきり忘れます」

それでお鶴は、小さく頷《うなず》いた。

表の通りへ出たところで、お鈴はため息を吐《つ》いた。

「聞いた限りでは、芝蔵、喜三郎、富助の三人は、やっていないということになるじゃないか」

「まあそうだな」

苦々しい顔になって、倉蔵が応じた。

疑わしいとされた三人は、手を下すことができなかったと分かった。容疑者が、消えてしまったのである。胸にあった昂《たか》ぶりが、すっかり萎《しぼ》んでしまった。

八

松枝町の家へ戻ったお鈴は、三人の役者を調べるために倉蔵と歩いた詳細をお絹に伝えた。

「一日歩いて芝界隈まで行ったけど、無駄足になった」

失望を交えてお鈴は言った。

「そんなことはないよ。三人は直《じか》に手を下してはいないと分かった。それだけでも意味があるじゃないか。聞き込んだことは、無駄じゃあない」

「自分が手を下さなくても、誰かにやらせたかもしれないっていうことだね」

そこまでは考えなかった。

「二十五両もの金子が入る話なんだからね。手を貸すやつは、いくらだっているだろうよ」

「なるほどね」

「あんたは本当に間抜けだねえ。それくらいのことには、すぐに頭が回らなくちゃあいけないよ」

襲う事情は、それぞれにあった。まだ三人への調べは終わらせることができない。

「皆、お役につきたい気持ちは分かるけど、話を聞いたり態度を見たりしていると腹が立ったよ」

「どうしてだい」

「だって團五郎さんのことを、誰も本気で案じていなかった。同情するようなことを口にした人もいたけど、あれは本心じゃあなかった。競う相手が減って、喜んでいる顔だった」

薄情だと、言いたいのだ。師匠の段十郎も、何もしないのだと聞いた。それも気に入らない。

「役者っていうのはね、自分が舞台に上がることしか考えていないんだよ。人のことなんてかまわない。そのために子どもの頃から、芸を磨いてきたんだから」

「ならば團五郎さんもそうかね」

「当り前じゃないか。薄情というのとは、少し違うのかもしれないね」

お鈴にしたら知らない世界だ。そうなのかと思うしかなかった。

「でもさ、だからって人を襲って金子を奪っていいことにはならないだろ」

「それはそうだ。だから倉蔵は、調べを続けようとしているんだ」

お絹は言った。


翌日お鈴には、看板描きの仕事があった。倉蔵は今日も芝蔵と喜三郎、富助の三人を探ると言っていた。お鈴も朝から一緒に歩きたいところだが、それはできなかった。

看板描きは、お鈴の稼業だ。この道で一人前にならなくてはいけない。

合切袋を手にして出向いたのは、浅草《あさくさ》福井町《ふくいちょう》の舂米屋《つきごめや》だった。今日は餅を搗《つ》くうさぎを描こうと思っていた。大まかなことについては、主人と話をしていた。

前回の小間物屋では、やり直しとなった。「慢心があったからだ」とお絹に言われて、だいぶめげた。

「今度こそ、しくじりやしない」

己に言い聞かせた。慢心なんてしていない。一人前になりたいだけだ。未熟だから、前回はしくじった。今日こそは慎重にやろうと、決意をしてきた。

晴天だが、数日前のような残暑ではなくなっている。道端の白や黄の小菊が、小さく揺れていた。

「客を寄せるようなやつを頼みますよ」

真っ白な腰高障子の前で筆を握ると、春米屋の女房が言った。真剣な面持ちだ。自分で描いてもいいものを、わざわざ二百文払って頼むのである。期待があるのは当然だと思った。

お鈴は緊張した。誰にも言えないが、腋《わき》の下に汗をかいている。

筆に墨を吸わせて、一気に障子紙の上に載せた。瞬《また》く間に臼《うす》が出来上がった。まずまずの出来だ。

再び筆に墨を吸わせて、うさぎを描いた。杵《きね》をふるう図だ。長い耳は、ぴんと伸びて上を向いている。

描いている者の身にしたら、あっという間だった。

「いい出来じゃないか」

野次馬の誰かが言った。

「まったくだ。繁盛しそうな絵だよ」

春米屋の女房が、満足そうに言った。それで肩の荷が下りた。気持ちの奥に、またしくじるのではないかという虞《おそれ》があった。それが消えたのが何よりだった。

続けてしくじると、評判が落ちる。依頼がなくなって、これまでやってきたことが無駄になる。早く一人前になりたいのにだ。せっかく積み上げたものが、うまくいきそうになったところで崩れてしまう。

そして團五郎のことを考えた。長い歳月をかけて精進してきて、待望の役を得た。辛い思いをして、金子を調えた。それが今、あっけなく崩れようとしている。

さぞかし悔しいだろうと、身に染みた。もやもやが収まらない。

帰り道に、お鈴は豆次郎のところへ寄った。誰でもいいから、気持ちをぶつけたかった。

豆次郎は仕事の途中らしかったが、前掛け姿のまま木戸の外まで出てきた。

「今日は、新しい工夫をしたんだ」

顔を見せると、豆次郎は真っ先にそう言った。嬉しかったのだろう。工夫した内容について話したが、お鈴にはまったく意味が分からなかった。

嫌がっていた錠前造りだが、ずいぶんと慣れてきた。難しいものにも、触らせてもらえるようになったと聞いていた。

少し羨ましかった。

豆次郎の話を聞いてやってから、お鈴は團五郎にまつわる話をした。同情気味な言い方にはなったと思った。それは市村屋や役者仲間への、反発があったからだ。

話を聞いた豆次郎はあっさりと言った。

「襲ったやつの後ろには、事情が分かる悪いやつがいるんじゃないかね」

後ろで糸を引くやつがいるのではないかという意味だ。お絹とも話したことだが、豆次郎にまで言われると、その線が濃いような気がしてきた。

「でもそれって、怖いねえ。そいつら、何をするか分からない。危ないから、関わらない方がいいよ」

と豆次郎は言った。お鈴にも火の粉が飛んでくるのではないかと案じる言い方だった。けれどもそれは気に入らない。やったことが無駄だと言われたような気がした。ねぎらってほしかったし、「手伝おうか」くらいは言ってほしかった。

「小心者」

苛立《いらだ》ちがあったから、口にしてしまった。いつも思っていることだ。きつい言い方になった。

「そんな」

どうしたらいいか、分からないといった豆次郎の顔だった。それ以上は話さず、家に向かった。

九

「今度は、うまくいったかい」

「うん。喜んでもらえたよ」

「まあ、同じしくじりを二度続けてやったら、それは向いていないということだよ」

相変わらずお絹は、厳しい言い方をした。もう気にしない。團五郎の一件について考えた。

豆次郎から関わるなと言われると、なおさら放っては置けない気持ちになる。自分では襲えなくても、人を雇うことができる。ただ役が自分に廻ってきたときに、衣装代を出せる者でなくては意味がない。奪った金子があるにしても、人を使ったとなれば、金を独り占めにはできない。

山分けにしたとしても、十二、三両を出せる者でなくてはならないだろう。芝蔵と喜三郎、富助が金を出せるかどうか、当たってみることにした。ただ金にまつわることを、容易くは聞き出せるとは考えられない。倉蔵がいればと思った。

ともあれお鈴は、木挽町へ向かった。三人を探ると言っていた倉蔵だから、捜せばこのあたりにいると考えた。今日になって分かったことも、聞きたかった。

小屋の木戸番や、出入りする役者に尋ねた。

「岡っ引きならば、今しがたあっちの方へ行ったよ」

指差したのは、川端の芝居茶屋の並ぶあたりだった。お鈴は急いだ。

「じいちゃん」

倉蔵は、初音の敷居を跨《また》ごうとしていた。

「お鈴じゃねえか。仕事はうまくいったのか」

気遣ってくれた。お絹も倉蔵も強面《こわもて》だが、倉蔵は優しい言葉をかけてくれる。厳しいのは、柔術の稽古のときだけだ。今日も、出来具合を訊いてくれた。

「うまくいったよ」

「そりゃあ、何よりだ」

倉蔵は、すでに市村屋や中村屋では、聞き込みを済ませたのだろうと察せられた。

「三人の金回りは、どうだったんだい」

初音へ入る前に、聞いておこうと思った。

「市村屋と中村屋へ行った。それぞれで訊いたのだが」

「金回りがいいのは、喜三郎だね」

それだけは見当がついた。贔屓の女客がいる。すぐに十二、三両が出せるかどうかは別にして、甘え上手な喜三郎ならば、昨日訪ねた芝の足袋屋のおかみ以外にも、頼める相手がいそうだった。

「まあそういうところだ」

「ならば芝蔵や富助は、無理なんだね」

「太い客は、ついていないようだ。ただ朋輩《ほうばい》の役者では、詳しいことは分からない。芝蔵についていても富助についていても、金があると言う者もいれば、ないと答える者もいた」

「それじゃあ、どうにもならないね。でも喜三郎だけは、金子を奪わなくても二十五両は作れそうだけど」

話を聞いて思ったことだ。喜三郎は容疑者から外してもよさそうだという、お鈴の判断だ。

「いや、まだ三人とも怪しいさ。金子を奪わなければ、久我之助清舟の役は廻ってこないわけだからな」

「なるほど。じゃあ、團五郎さんを襲うような破落戸と付き合いがありそうな人は誰なんだろう」

「もちろんそれも、訊いてみたぜ」

倉蔵のすることに、抜かりはない。本人に問いかけても正直に言うわけがないから、他の役者に問いかけたのだ。

「このあたりには、役者崩れで目つきの悪いやつがいそうだけど」

「ああ、そういうのは少なからずいる。木挽町で長く生きてきたやつは、なかなか外へは出られねえ。いい歳をしていても、役者以外のことはできねえからな」

「元役者も、たいへんだねえ」

と言ってから、お鈴は寅之助の顔を思い出した。

「だから、市村屋にしても中村屋にしても、当然そいつらと付き合いがあっておかしくはねえ」

「他にも、破落戸はいっぱい寄って来るしね」

「師匠の家へ顔出しをするわけじゃあねえ。外で会っていたら、分かりにくいだろう」

特定はできていないという話だ。ここまでのところ、これぞという証言は得られていなかった。そこでお絹が出入りをしている芝居茶屋初音のおかみから、話を聞こうとしていたのだと伝えられた。

当然お鈴もついて行く。

「團五郎さんは、とんでもない目に遭いましたねえ」

おかみは、同情する口調で言った。

倉蔵は、容疑をかけている三人の懐具合について尋ねた。

「喜三郎さんは、楽だと思いますよ。それに比べて芝蔵さんや富助さんは、お金を拵えるのがたいへんでしょうね。もちろん役が決まれば、金貸しのところへ行くんでしょうけど」

芝蔵の父親は役者ではなく、裸一貫で段十郎のもとへ弟子入りした。頼れる後ろ盾はないそうな。富助の父親は役者だったが、大物ではなかった。それでも多少の貯《たくわ》えはあるという。

倉蔵の聞き込みやおかみの話を聞く限りでは、芝蔵は違う気がした。襲っても、二十五両すべてが手に入るのでなければどうにもならないからだ。

「喜三郎と富助に、親しく付き合っている者がいるか」

「團五郎さんは、喜三郎さんとは仲が良かったと思いますよ。気が合ったんじゃないですかねえ」

「ならば團五郎から、いろいろ聞いているんだろうな」

「まあ。ただ役についてならば、話さないかもしれません」

「團五郎さんは、千代之助さんとは、仲が良かったのでしょうか」

お鈴は思いついて問いかけた。これまで聞き込んだ限りでは、不仲とは聞かない。ただ芝居の世界では、人間関係は厄介だと感じていた。

「千代之助さんと團五郎さんでは、格が違いすぎますからね、好き嫌いとかそういうことは問題にならないと思いますよ」

「團五郎さんは、いい役を求めて必死だった。少しでも近づこうとは、思っていたのでしょうね」

「それはそうでしょう。顔だけだったら、團五郎さんに軍配が上がるわけですからね」

「團五郎さんが、千代之助さんに追いつくことはできるのでしょうか」

これは調べには関わりないが、お鈴にしたら気になるところだった。

「今度の久我之助清舟の役をうまくこなして評判がよければ、次はもっといいお役が貰える。分家とはいえ團五郎さんは市村屋の血縁なんですから、精進次第では千代之助さんを脅かすところまでいくんじゃないですかね」

そう聞くと、金子を奪われた團五郎の無念が胸に染みてきた。

十

倉蔵は今日はまだ、三人の容疑者本人には当たっていなかった。

「たぶんやっていない芝蔵あたりから、他の二人のことや、付き合っていそうな悪いやつについて、訊いてみようよ」

お鈴は勧めた。

「そうだな」

今日も河原崎座に出ているという芝蔵を、お鈴は倉蔵と訪ねた。すでに化粧を落としていたので、小屋の外へ呼び出した。

「喜三郎と富助について、話を聞きたい」

倉蔵が伝えた。それだけで、團五郎の件に関わるものだと気がついたはずだ。慎重に頷いた。

「二人は、元役者でこの界隈にいる者あるいは破落戸のような者との付き合いはないか」

「破落戸については分かりませんが、やめた役者とならば、付き合いはあると思います。私も、会えば話くらいする者はいます」

「銭をやって、何かを頼むということはあるか」

「お馴染みさんとの食事のために、料理屋の座敷をとってもらうなどすることはあると思います」

「それは、喜三郎だな」

「富助さんも、たまにはあると思います」

「頼む相手は、決まっているのかね」

「市村屋だった人とは昔からの付き合いですから、よく頼みます」

貰ったご祝儀の中から、駄賃を渡す。お馴染みさんが与えることもあるそうな。

「ではその市村屋を出た役者というのは誰か」

「寅之助さんです」

わずかに迷ったらしいが、口にした。

「そうか」

お鈴は呟いた。驚きはない。腹の奥が熱くなった。

「どちらもだな」

倉蔵が念押しをした。

「はい。まあ、富助さんの方が、親しいようですが」

「親しいとは」

「一緒に飲んだり、遊んだりとか」

「遊びというのは、これだな」

倉蔵は、壺《つぼ》を振る真似《まね》をした。芝蔵は、否定をしなかった。

「最近も、遊んでいるのか」

「一月《ひとつき》くらい前に、行ったと聞きました」

「儲《もう》けたのか」

「さあ。本人から聞いたわけではないので」

自信はないといった顔で首を振った。

「どこの賭場か分かるか」

「このあたりの地回りの賭場だと思いますが」

喜三郎は、そういう遊びをしていないという。富助と寅之助について、探ることにした。芝蔵から、賭場に出入りしている者を聞き出した。後で面倒になっては困るだろうから、芝蔵から出た名だとは伝えないと話した。

お鈴は倉蔵と店の前の広場に出た。相変わらず賑《にぎ》やかだ。一回り見回すと、元役者といった気配の者が見つかった。その男に尋ねて、芝蔵から名を聞いた元役者を捜し出した。

二十代後半の荒んだ気配の者だった。倉蔵が問いかけた。

「富助と元役者の寅之助を知っているな」

「へえ。知っていやすが」

倉蔵の腰に差された十手にちらと目をやってから、男は答えた。

「二人は一月ばかり前に賭場で遊んだというが、聞いているか」

「そんな噂を聞きました」

「儲けたのか、損をしたのか」

「損をしたと聞きましたが」

額までは分からない。ただ一両や二両といった額ではないと話した。その折のことを詳しく知っていそうな者を教えさせた。元役者の彦六《ひころく》という者だ。

捜し出すと、三十歳をだいぶ過ぎていた。元役者とはいっても、十年以上も荒んだ暮らしをしていて、地回りの子分といった印象になっていた。

「ええと、確か富助が六両で、寅之助が七両だったと思いやすが。あいつら、青くなっていやしたぜ」

「もう返したのか」

「そういう話は、聞きやせんが」

奪った金があるならば、すぐに返すだろうとお鈴は思った。そのままにすれば、利息を生む金だ。

「賭場はどこだ」

「木挽町三丁目の、雑穀屋の納屋ですよ」

さらに明日は、暮れ六つ（午後六時）から賭場が開かれることも聞き出した。

彦六を解放した後で、お鈴は倉蔵と話した。

「團五郎さんを襲っていたのならば、きっとどちらかは明日、賭場へ行くよ」

「そうだな。土地の地回りの賭場ならば、逃げられねえ。返そうとするだろう」

「ならば賭場へ行くところを、捕まえればいいんだね」

「そういうことだ」

「捕まえて、懐の金をどうしたとやればいいんだね」

倉蔵とお鈴とで、明日賭場へ行く前に捕らえることにした。

「しかし襲ったのが寅之助だったとしても、企《たくら》んだのが二人なのか寅之助一人なのかは、まだ分からねえぜ」

富助は、親に頼めば金を作れる。しかしそれを使って借金を返すのであれば、役を得られても衣装は拵えられない。

やはり容疑者からは外せない。

お鈴と倉蔵は、木挽町三丁目の雑穀屋の納屋を下見した。近所の者に訊くと、数日に一度、人が集まって来るらしい。

十一

次の日の夕暮れどき、お鈴は松枝町の家を出た。

「危ないと思ったら、すぐに逃げるんだよ」

とお絹に言われてのことだ。お絹は團五郎に貸した金が、焦げ付くのを嫌がっている。倉蔵と出かけることに、だめだとは言わなかった。

木挽町三丁目の賭場には、寅之助か富助は必ず来ると思っていた。ただ賭場の目の前で捕らえるのは避けたかった。賭場の者が出てくると面倒だ。

とはいえ三十間堀に面した賭場へは、京橋川《きょうばしがわ》方面から来るのか汐留川方面から来るのか分からない。それで京橋川の方にお鈴が、汐留川方面に倉蔵が潜むことにした。

「お鈴一人では何だから、手先を一人つけよう」

と倉蔵は言った。そんなのはいらないと思ったが、相手が二人になるかもしれないのだから、いた方がいいと考え直した。

豆次郎が働く錠前職甚五郎の家の前を通った。垣根の向こうを覗くと、仕事場が見えた。豆次郎は細長い器具を手に蹲《うずくま》って何かしていた。

ちょっとからかってやりたかったが、声はかけられなかった。真剣な表情だった。少し寂しかった。そのまま木挽町へ向かった。

三丁目に入って、賭場となる納屋からは少し離れたところで、お鈴は物陰に身を隠した。倉蔵の手先は、すでに来ていた。棍棒《こんぼう》を用意している。

まだ暮れ六つには、少し間があった。西空から、暮れかけた朱色の日が差してくる。しばらくすると、虫の音が聞こえてきた。日も落ちて、河岸の道は闇に覆われた。暮れ六つの鐘が鳴ると、河岸にある商家はすべて戸を閉めた。

ただ幸い、この日は満月だった。提灯を持たない者も歩いて行くが、月明りだけでも、通る人の顔を見分けることができた。

お鈴は、気を引き締めて通りかかる人の顔を検《あらた》めた。そのまま通り過ぎる者もいれば、賭場のある納屋に入ってゆく者もいた。そしてしばらくした頃、ふたりの男が現れた。

提灯は手にしていない。お鈴はその顔を凝視した。

「あいつらだ、寅之助と富助だよ」

お鈴は一緒に潜んでいる倉蔵の手先に伝えた。

「行くよ」

迷いはない。二人の前に飛び出した。

「あんたら、これから賭場へ行こうとしているんだろ」

勢い責める口調になった。

「どこへ行こうと、こちらの勝手だ」

二人とも、いきなり現れたのがお鈴だと知って驚いたらしかった。

「一月前に負けて拵えた借金を、返しに行くんだ。とはいえその金は、團五郎さんから奪った金子だがね」

「何をほざきやがる。ふざけたことを言いやがると、娘でも痛い目に遭うぞ」

そう口にしたのは、寅之助だった。

「奪った金子というが、そんな証がどこにあるんだ」

そう告げたのは、富助だ。

「あんたらの懐にある金子が、何よりの証拠だよ」

「馬鹿なことをぬかすな。調べられるものならば、やってみろ」

女だと見て、舐めていた。手先もいたが、向こうは男が二人である。

そのまま通り過ぎようとした。

「お待ち」

お鈴は、寅之助の腕を摑んだ。太い腕だった。

「うるせえ」

強い力で払おうとしてきた。けれどもそれで、振り払えるお鈴ではなかった。

手首を摑んで、ぐいと前に引いた。腰を入れて、「やっ」と投げ飛ばした。寅之助の
体が、地べたに転がった。

「く、くそっ」

起き上がった寅之助は身構えた。懐に手を入れると、匕首《あいくち》を抜いた。小娘に投げられ
て、逆上している様子だった。

「このあま」

切っ先を突き出してきた。力がこもった一撃だ。勢いもついていた。

お鈴は斜め前に身を飛ばして、切っ先を躱《かわ》した。腕を摑もうとしたが、体が前を行き
過ぎて、捕らえることができなかった。

寅之助の体は、半間の距離にあった。手を伸ばしても捕らえられない。匕首の刀身が、
満月の光を跳ね返した。

そしてその直後、切っ先がお鈴の喉首を目指して突き込まれてきた。まともに受ければ、命はない。

後ろへ下がれば、切っ先はそのまま追ってくる。全身の力がこもっていた。

お鈴が横に跳ぶと、空を突いた寅之助は前のめりになった。これならば、腕を捕らえられると思った。

けれどもそのとき、切っ先が空を廻って突き出された。体勢を崩しながらも、匕首をふるったのである。素手のお鈴にしたら、抗《あらが》いようがなかった。

出しかけた手を引いた。

ざっくりとやられたら、次の攻めに出られない。

お鈴は身構えた。寅之助も、攻めの姿勢に転じた。目には怒りが湧いている。見縊《みくび》った小娘を、なかなか仕留められないからか。

「何だい、へっぽこだねえ。刃物を手にしているくせに、小娘一人に手古摺《てこず》って」

煽《あお》ってやった。

「くそっ」

匕首を突き出してきた。怒りの中での動きだから、狙いが定まっていなかった。

お鈴は左の斜め前に出た。気づいた寅之助は、腕を摑まれまいと大きく振った。しかし切っ先は、お鈴まで届かない。

前に踏み出したところで、お鈴はその手首を掴んだ。捩《ね》じりながら上に持ち上げて、足を払った。

男の体が、その瞬間地べたに沈む。匕首が手から離れて、夜空に飛んだ。

お鈴は掴んだ腕を離さずに、寅之助の体にのしかかった。腕をさらに捩じり上げると、こきと小さな音がした。関節が外れたのが分かった。

「ううっ」

呻《うめ》き声《ごえ》が上がった。

お鈴は、懐に手を突っ込んだ。ずっしりと重い巾着が、指先に触れた。それを首から外した。中を検めると、七枚の小判と小銭が出てきた。

「何だいこれは」

「賭場で遊ぶ金だ」

「馬鹿をお言いじゃないよ。こんなに大金」

そこへ倉蔵が駆けつけてきた。異変に気がついたのである。

手先は、富助を押さえつけて、懐を検めていた。そして重そうな財布を取り出した。中には六両と小銭が入っていた。

倉蔵は、手先を寅之助の長屋へ走らせた。持ち物を検めさせるためだ。奪った二十五両の一部を手にしていれば、残りがあるはずだと踏んでいるからだ。

倉蔵は富助と寅之助を、茅場町《かやばちょう》の大番屋へ連れて行った。もちろん、お鈴もついて行く。

「この金子を、どうするつもりだったのだ」

連れてきた二人を、お調べの部屋へ押し込んだ。腰の十手を抜いた倉蔵が、富助から問《と》い質《ただ》しを始めた。

「寅之助さんと二人で、賭場の借金を返すつもりでした」

と答えた。いきなりお鈴と男が出てきたのには驚いた。寅之助が投げられ、起き上がると匕首を抜いたのにも仰天したと付け足した。

寅之助の反応は意外だったという話だ。

「六両の金子は、どうやって拵えたのか」

「無念でしたが、親の衣装を質入れしました。早く返さないと、利息が雪だるまのように大きくなってしまいます」

團五郎を襲ってはいないことを伝えていた。

「いつから賭場に出入りをしていたのだ」

「半年くらい前からです。寅之助さんに勧められまして。しばらくは儲かっていたので、いい気になっていました」

肩を落とした。

「おめえも、賭場の借金を返すつもりだったのだな」

「まあ」

富助の証言があったからか、寅之助は渋々といった口調で答えた。

「七両もの大金を、どうやって拵えたのか」

「前から少しずつ貯《た》めて」

「馬鹿なことを言うんじゃねえ。七両もの大金が、そう容易く貯まるものか」

「ほ、本当だ。やっと拵えた金子なんだ」

團五郎から奪ったことを認めれば、重い罪になる。必死の形相だった。

しばらくして、寅之助の長屋へ行った手先が戻って来た。

「畳まれた寝床の下から、これが出てきました」

巾着袋を差し出した。中には十二両が入っていた。持ち出していた七両と合わせると、十九両になる。

「やっと拵えたさらなる金子十二両が、おめえの長屋から出てきたぜ。これはどう説明するんだ」

倉蔵がどやしつけると、寅之助は体を震わせた。

「一月前に賭場で拵えた借金のために、おめえは青くなっていた。それが今は、十九両もあったことになる。これは團五郎を襲って奪った金じゃあねえのか」

「いや、そんなことは」

まだ往生際が悪かった。

「うるせえ。襲撃のあった日の夕刻、おめえを見た者はいねえ。そしてあの日の翌日から金遣いが荒くなった。仲間に酒を奢《おご》ったりしてな」

この話には、お鈴はびっくりした。おそらく倉蔵は、今日の昼間、そういうことを調べていたのだと気がついた。自分には思いもつかなかったことを、倉蔵はしていたのである。

寅之助は言い返せない。体の震えが止まらなくなった。

「奢られたやつを、ここへ連れてきたっていいんだぜ」

それでがっくりと肩を落とした。

「あっしが、團五郎を襲いやした」

掠れた声で、やっと口にした。

襲ったのは一人で、手にした二十五両の内六両はすでに使ってしまっていた。飲み食いに使っただけでなく、他にも借金があった。その返済に充《あ》てたのである。

「團五郎が大金を持って、あの日あの刻限に宮戸屋へ行くことを、どうして知ったのか」

倉蔵の問いかけだが、お鈴もこれは知りたいところだった。

「千代之助から聞いたんだ。あいつはあっしが、金に困っていることを知っていた」

寅之助は千代之助の楽屋へ、何度か金を借りに行っていた。寅之助が賭場で高額の借金を拵えたことは話していたそうな。

「どうして千代之助は知っていたんだ」

　團五郎は、話していなかった。

「宮戸屋から聞いたらしい」

「千代之助が、襲えと言ったのか」

「言わねえが、言ったようなものじゃねえか」

「それはそうだが、團五郎にしたらこれからの芝居人生が懸かった大事な金子だぞ。それは千代之助も承知していたはずだ」

「あいつは、團五郎の美貌を嫉《そね》んでいた。今は下にいるが、力をつけたならば、自分を追い越すと不安に思っていた」

　寅之助の口元には、微かに嗤いが浮かんでいる。

「久我之助清舟の役を、演じ切ると見ていたのだな」

「まあそうだろう。段十郎さんだって、やれると見込んだから役を与えたんだ。情だけでは、役はやらねえ。芝居を壊されちゃならねえからな」

　これは寅之助の想像だが、外れてはいないだろうと感じた。團五郎は、お絹から銭を見せられても動じなかった。それだけの覚悟があった。

「だから千代之助は、今のうちに芽を潰しておこうと考えたんじゃねえか。てめえは手を汚さずによ」

悔し気な寅之助の言葉だった。宮戸屋へ金子を届けることを伝えただけならば、千代之助は罪を犯したことにはならない。うまくゆこうとゆくまいと、あずかり知らぬこととなる。

とはいえ寅之助は、すでに六両を使ってしまっていた。足りない分は、團五郎の手許《てもと》に返らない。

富助は、團五郎襲撃には関わっていなかった。返済の金子は自分で都合したのならば、倉蔵にしてもお鈴にしても、問題にするつもりはなかった。

十二

松枝町の家に戻って、お鈴は今夜の一切についてお絹に伝えた。

「まあ、よかったじゃないか」

お絹も気にしていたらしい。

「でもさ。千代之助が寅之助を煽ったようなものなのに、何の咎《とが》めもないのかね」

お鈴は気持ちが収まらない。

「でもね。あんたがお奉行所へ行っても、どうにもならないよ」

お絹ははっきりと言った。倉蔵も、それについては触れなかった。寅之助一人の犯行として処罰される。

十両以上の盗みだから、死罪は免れないだろう。

「それに團五郎さんだって、困ると思うよ」

この件についても、腹立たしかった。團五郎にしてみたら、事は落着していないだろう。

「ばあちゃん。足りなくなった分は、貸してあげないのかい」

「間抜けなことは、お言いじゃない。何であたしが貸さなくちゃいけないいんだよ」

睨《にら》まれた。

「だって」

「うるさいね。そんなに言うならば、あんたが貸してやればいい」

六両もの金子が、あるわけがなかった。

足りない六両を團五郎はどうするのか、気になりながらもお鈴には何の手立てもなかった。


翌日昼下がり、洗濯物を取り込んでいるお鈴のもとへ、お絹がやって来た。お絹はそれまで、どこかへ外出をしていた。

秋晴れの空には、鰯雲《いわしぐも》が浮いている。吹く風は心地よく、残暑の気配はすっかりなくなっていた。

「ついておいで」

取り込んだ衣類を部屋に置くと、お鈴はお絹の後に続いた。

「どこへ行くの」

「木挽町の河原崎座さ。千代之助に会うんだよ」

楽屋を訪ねるらしい。簡単に会えるかどうかは分からないが、お鈴はついて行く。何を告げるのか、少しわくわくした。

このままでは終わらせられないという気持ちがあったからだ。すっきりする啖呵《たんか》の一つも、浴びせてやってほしかった。

「千代之助さんには会えないよ」

木戸番に声をかけると、邪険に言われた。お絹は小銭を握らせて告げた。

「内密な寅之助の話なんだけどねえ。そう伝えておくれ」

渋々引っ込んだ木戸番は、戻って来ると言った。

「手短にということで」

千代之助の楽屋は八畳ほどの広さで、床の間もあった。贔屓筋から贈られたらしい花が飾ってあった。

すでに出番は終わったようだが、化粧はまだ落としていなかった。衣装のままだ。寅之助のことと告げたからか、人払いはしてあった。

「もう聞いたかもしれないけどね、寅之助のやつが團五郎を襲ったということで、昨夜《ゆうべ》捕らえられたよ」

犯行を認めたことも伝えた。

「ええ、聞きました。馬鹿なことをしたものです」

千代之助は、嘲笑《あざわら》うような言い方をした。

「團五郎が金子を持って宮戸屋へ行くことを、あんたが教えたっていうじゃないか」

「ええ、尋ねられましたんでね」

「そうじゃあない。あんたの方から、話したんだろ」

これは寅之助から聞いていたことだ。千代之助は、それがどうしたという顔をした。

お絹は続けた。

「あんたも初めは、團五郎がいつ宮戸屋へ行くかは知らなかった。團五郎は、誰にも話さなかったからね」

「…………」

「でもあんたは、気になっていた。そこで宮戸屋に伝えさせたんだ。あんたは主人の清右衛門に、團五郎がいつ来るか決まったら伝えるようにと話していたからね」

「それがどうしましたか」

落ち着いた物言いだ。何を言いたいのかといった表情だ。

「宮戸屋にしてみたら、将来は市村屋の師匠になるあんたの頼みごとを断れない。清右衛門はあの日、他の用事のついでにあんたに伝えた」

清右衛門は、前から頼まれていて伝えたことを、お絹に話したとか。お絹は今日、お鈴を誘う前にそれを確かめに宮戸屋へ行っていたのだ。

「あんたは寅之助が金に困っていることを承知の上で、それを教えたんだ」

千代之助は、口元に嗤いを浮かべてから返した。

「私は、やれとなんて言っていない」

罪には問われないと分かっていての言葉だ。腹立たしいが、どうにもならないことはお鈴にも分かっている。

ここでお絹は、にこりと笑って見せた。薄気味の悪い笑みだった。

「そうだけどねえ、あんたは人気商売だ。唆《そそのか》したとの話が広く出回ったら、看板に傷がつくんじゃないかい」

優し気にお絹は言った。千代之助は何か言おうとしたが、すぐには声が出なかった。

お絹が、脅しをかけに来たと気づいたらしい。

状況を知れば、唆したと受け取る者は多いだろう。お絹もお鈴もそう思っている。

「あたしはあんたの先行きを案じているんだよ。あんたはこれから、さらに大きくなってゆく役者だ。こんなことで、味噌《みそ》をつけちゃあいけない」

「あんたが、話を広めるというのか」

暑くもないのに、額に汗が浮き出したのが見ていて分かった。

「あたしはそんなことはしない。あんたの味方だからね。でも話は、いつの間にか尾鰭《おひれ》がついて広がる。厄介なことじゃあないか」

味方、というところに力を入れていた。啖呵を切られるよりも、不気味だとお鈴は感じる。

「ど、どうしろというんだ」

「容易いことだよ。あんたが團五郎に、衣装を買えるようにしてあげればいいんだ。そうすれば、困っている團五郎を助けてあげたことになる。いい話じゃないか」

「ううむ」

「八両出してもらおうか。あんたならば、できない話じゃないだろ」

すでに千代之助は、千両役者目前のところまできている。苦も無く出せる額だと思われた。

「分かった。出そうじゃないか」

「それでこそ千代之助さんだ。人情味溢《あふ》れる人だね。あたしは贔屓にするから」

お絹が言うと、千代之助はぞっとした顔を向けた。

八両を受け取って、千代之助の楽屋を出た。

「すっきりしたよ。ばあちゃん」

お鈴は言ったが、気になることがあった。受け取ったのは八両だ。團五郎が必要なのは六両である。

「でもさ、二両はどうなるの」

「決まっているじゃないか。あたしが金子を出させたんだ。それくらいの手間賃を受け取るのは当然だろ」

躊躇《ためら》いのない口ぶりだった。お鈴は頷きはしないが、出てきそうになった不満の言葉を呑み込んだ。

「あとは團五郎の、役者としての精進次第だね。十両役者で終わるか、その先へ行くかはまだ分からない」

帰り道、甚五郎の仕事場の前を通った。垣根を分けて中を覗くと、仕事をしている豆次郎の姿が見えた。豆次郎は今日も、熱心に手を動かしていた。

「あいつも、今は十両役者といったところなのだろうか」

お鈴は呟いた。ただこのままでは終わらない気がした。ならば自分も、精進しなくてはならないと覚悟を新たにした。

第二話

錠前造り

一

青空の中、刷毛《はけ》で薄く刷いたような筋雲が高いところで浮かんでいる。その下を群れた雀《すずめ》が、鳴き声を上げながら飛んで行った。

暑くも寒くもない。微風《そよかぜ》が心地よい、八月も半ばの昼下がりだった。お鈴はお絹に命じられて、利息の取り立てに行って来た。

この仕事は、お絹と暮らし始めて二年ほどして、十歳になるかならないかくらいの頃からやらされているが、いつまでたっても慣れない。

金を借りた以上は、利息をつけて返すのは当然だが、かつがつで暮らしている者にとっては、厳しいことがある。多くのところでは、行けば何も言わなくても銭を寄《よ》こす。受取証を渡して終わりだが、都合をつけられない者もたまにはいた。

留守にしていて、子どもだけしかいないときには困惑した。わざと留守にしたのだとしても、ならばどうするかを考えなくてはならなかった。

「受け取れませんでした」

ではお絹は許さない。いよいよ払われなければ、鉞の出番となる。

今日行った版木職人の家には、耳の遠い老婆がいるだけだった。

「何だい、何しに来たんだい」

「利息をいただきに来ました」

「えっ、いそくって、何だい」

「お貸しした金子の利息ですよ」

声を大きくして繰り返す。この婆さん、都合の悪いことは聞こえない。いつもそうだ。

「倅《せがれ》は留守だよ」

さっさと帰れと手を振ったが、居職の者だから奥の部屋にいるのは間違いなかった。

言葉通りには聞かない。

「じゃあ、お帰りになるのを待たせていただきますね」

お鈴は笑顔で答えて、上がり框《かまち》に腰を下ろした。

「いつになるか、分からないよ。出直しておいで」

「いえいえ、暇ですから」

我慢比べだと思った。版木職は木を削る仕事だから、音を立てる。お鈴がいたら仕事ができない。急ぎの仕事を抱えていたら、迷惑なことだろう。

半刻（約一時間）ほど座っていた。途中で婆さんは掃除をした。はたきと箒《ほうき》で、お鈴に向けて埃《ほこり》を舞い上がらせた。

「帰らなくていいのかい」

婆さんが、困ったといった顔で言ってきた。

「ええ。一日だって、帰りを待ちますよ」

と、奥に聞こえるような声で言った。

すると少しして、版木職人が出入口から入ってきた。

「おや、来ていたのかい」

わざとらしく口にした。おそらく裏口から出て、表へ回って入ってきたのだと察せられた。

「さっさと出てくりゃあいいのに」

と思うが、口には出さない。

「あんたも、婆さんにそっくりだねえ。いずれ腕っこきの金貸しになれるぜ」

そう言いながら、利息を出した。

別に金貸しになりたいとは思っていない。ただそれで養ってきてもらったのだし、借りて助かった者も大勢いる。必要な稼業だとは思うが、自分がなろうとは考えもしなかった。

腕を上げたいのは、看板描きの方だ。

その帰り道、お鈴は錠前職甚五郎の家の前を通った。垣根の間から豆次郎が仕事をしているのが見えて、立ち止まった。

「ああ、お鈴ちゃん」

気がついた豆次郎が、声をかけてきた。お鈴は木戸の中に入って、出てきた豆次郎と向かい合った。

「仕事はどうだい。しくじって、べそなんかかいていないかい」

と言ってみた。半年くらい前までは、そういうことがよくあった。

「そんなこと、あるわけがないじゃないか。前よりもずっと、いろいろな細工ができるようになったんだ」

「本当かねえ」

「そうさ。この間は、お旗本家の仕事をおいらがして、納めてきたんだ」

「前にも、そんなことを言っていたよ」

「今度はご大身さ」

薄っぺらな胸を張った。

「ふーん」

見栄を張っているにしても、自信があっての言葉だと感じた。軟弱な小心者と軽く見ていたが、少しずつ腕を上げているらしい。親方にどやされ、錠前職には向いていないとさんざん弱音を吐いていた。それが嘘のようだった。

「お鈴ちゃんは、どうだい。看板描きの方は」

自分はうまくいっている。それが頭にあっての、偉そうな言い方だと感じた。

「当り前じゃないか。あんたなんかに、いちいち言われることじゃあないよ」

強い口調で返した。

「いやあ、それならばいいんだけどさあ」

へらっと笑って答えた。お鈴が強く出れば、それ以上のことは言えない。

そこへ足早に歩いてきた侍が、乱暴に木戸を開けて入ってきた。身なりからして、浪人ではなかった。小旗本といった外見だ。

歳は三十をやや過ぎたあたりか。浅黒い四角張った顔で、濃い眉と鷲鼻《わしばな》が強面《こわもて》の印象を作っていた。

「ああ、駒添様《こまぞえ》」

知っているらしく、豆次郎は慌てて頭を下げた。

「主人の甚五郎を呼べ」

怒りのこもった声で言った。豆次郎など、歯牙にもかけていない。

「は、はい」

豆次郎にしたら、意外なことらしい。怯えた顔になって、慌てた様子で甚五郎を呼びに行った。

「わざわざのお越し、どのようなことでございましょう」

さすがに甚五郎は、落ち着いた表情に見えた。深く頭を下げ、丁寧な口調で問いかけた。駒添なる侍が何をしに来たか、探る眼差《まなざ》しになっている。

「この錠前に、覚えがあるな」

懐から出した袱紗《ふくさ》の包みを広げた。出てきたのは、まだ新しそうな錠前だった。

「これはうちで拵え、駒添様にお納めした品でございます」

一瞥《いちべつ》してから、甚五郎は答えた。

「万全な錠前だと申したな」

「はい。精度の高い、仕上がりでございました」

「あの小僧が、拵えたのであったな」

豆次郎の方へ、目を向けた。

「さようでございます」

「このような、まがい物の品を寄こしおって」

吐き捨てるように言った。

「何か不都合なことでも」

「この錠前をかけておいた当家の土蔵が、一昨日破られた。家宝の壺と掛け軸が奪われたのだ」

「まさか、そのような」

「錠前は見事に開けられておった。壊されたのではない。賊の手によって、容易く開けられたのだ。そのような粗悪な品を、寄こしおって」

「堅牢《けんろう》な仕上がりでございましたが」

「何だ。その方は、天下の直参《じきさん》のわしが謀《たばか》りを告げていると申すのか」

声が大きくなった。怒りが、さらに大きくなった印象だった。

「いやさようではございませんが、解《げ》せぬ話でございます」

甚五郎は、相変わらず落ち着いているように見えた。むしろお鈴の隣にいる豆次郎が、がたがたと体を震わせていた。血の気が引いた顔が歪んでいる。差し出されたのは、豆次郎が拵えた錠前らしい。

豆次郎はつい今しがた旗本屋敷に納品したと話していたが、それが問題になっているようだ。錠前を手に取った甚五郎は、丁寧に検めた。

「よほどの錠前破りでも、これは容易くは開けられません。傷もありませんので、鍵がなければ、よほど手間がかかったかと存じます」

「それがどうした」

「信じがたいということでございます」

強気に出てきている相手にも、甚五郎は言うべきことは口にしていた。いくら豆次郎の仕事だとしても、最後に検めてよしとしたのは親方の甚五郎だ。己の目に、自信を持っている。

「うるさい。どうであれ、錠前が破られたことに違いはない。どうしてくれる。家宝の壺と掛け軸だ。壺は九谷焼《くたにやき》の銘品で、掛け軸は狩野惟信《かのうこれのぶ》の手による水墨画だ。合わせれば十八両相当の品だぞ」

「………」

「代金を取って拵えた錠前だ。使えぬ品を寄こしたその方らには、当家の損失を贖《あがな》う責がある」

「いや、それは」

「よいか。今月中に、損失分の十八両を当家に持参いたせ。さもなくば、その方らは、取り返しのつかぬこととなるぞ」

甚五郎には、あれこれ言わせなかった。言いたいことだけを一気に伝えると、駒添は引き上げて行った。

二

「おいらの腕が未熟だからだ」

駒添の姿が見えなくなると、豆次郎は肩を震わせて泣いた。幼子のような泣き方だった。涙と鼻水で、顔がぐしゃぐしゃだ。

とんでもない成り行きになって、どうしたらよいのか分からないのだろう。

「ふざけるんじゃないよ。押し入られた屋敷の方が、ちゃんと戸締りや警固《けいご》をしていないからじゃないか。それをこちらのせいにして」

お鈴の怒りが、溢れるように口から出た。

「何が天下の直参だ。卑怯《ひきょう》な言いがかりをつけてきて」

と続けた。

「しっかりしなよ」

なすすべもなく泣くだけの豆次郎にも、腹が立った。

錠前は壊されずに開けられていたから、針金などで簡単に開けられてしまったという言い分だ。そのような品を売りつけたとして、駒添は賠償金を求めてきたのだ。

「しかしな、あの錠前を破るとしたら、相当な腕前のやつだ。そうはいない」

甚五郎は、その部分で信じられないといった口調だった。

「いや、おいらが悪いんだ」

豆次郎は、泣きながら自分を責めた。

「馬鹿言っちゃいけないよ。そんなことを口にしたら、全部あんたのせいになる。十八両も払えるのか」

お鈴が叱りつけると、豆次郎はどきりとした顔になって口をつぐんだ。十八両という金高に、怯えたのである。

直参というが、どういう侍なのか甚五郎に尋ねた。

「家禄《かろく》二百俵の無役のご直参だ」

「じゃあ旗本と言ったって、ぎりぎりの御目見《おめみえ》じゃないか」

それくらいのことは、お鈴でも知っていた。

「先代から引き継いだのは御書院番だったが、何かまずいことをしでかしたんだろう。四、五年前にお役御免になった」

それでも家禄は得られるから、旗本とは名乗ることができた。名は十三郎《じゆうざぶろう》で、御書院番だったことを自慢にしている。武官で将軍家の親衛隊という役割だ。

甚五郎は、その自慢話を何度も聞かされたとか。

「ようするに、しくじったっていうことじゃないか」

腹立ちの気持ちは、そちらへも向いた。

「でもどうしてここへ。他にも錠前職はあるのに」

新たに浮かんだ疑問だ。

「たまたまうちの前を通りかかったらしい。うちは垣根だから、枝葉の隙間から、仕事場が見える。豆次郎が仕事をしているのが、目についたと話していた」

豆次郎の工夫はよくできていたので、依頼された錠前にそれを活《い》かした。

「こんなことになるなら、やらなければよかった」

まだべそをかいたままの豆次郎が言った。

「意気地のないことを、お言いじゃないよ。あんなやつ、放っておけばいいんだ」

「で、でも」

「錠前だけのせいで、品が奪われたわけじゃないよ」

話せば話すほど、怒りが込み上げる。お鈴は豆次郎に手拭いを渡して、情けない汚らしい顔を拭かせた。見ているだけで、さらに腹が立ってくる。

「しかしな。あのお侍、このままでは済ませないだろうな」

甚五郎は困惑顔で言った。

家に帰ったお鈴は、お絹にこの話をした。元は御書院番だったことも伝えた。

「相手は、ぎりぎりとはいっても御目見なわけだね」

聞き終えたお絹は言った。

「そうだよ。お役目をしくじったくせに」

お鈴は責め立てるが、お絹はそれには乗らない。顔を顰《しか》めた。

「厄介な話だね」

という返事だ。相手は直参で、無理押しをしてくる。訴える場所はないのかとお鈴は考えた。

「お目付《めつけ》とかあるんじゃないかい」

思いついたので、口にしてみた。

「この程度のことで、動くものか。仮に動いたとしたって、町人の味方なんてしないよ」

「じゃあ、どうすればいいのさ」

泣き寝入りするしかないのか。いや、そんなことをしてはいけない。

「そりゃあ甚五郎さんや豆次郎が、考えることだよ。何もできないならば、十八両は払わされることになる」

お絹は甚五郎とは親しそうだが、金子が絡むと冷ややかな口ぶりになった。

豆次郎は、情けなくなるくらいだらしがなかった。それもお鈴には気に入らない。

三

翌日、お鈴は朝のうちに、蔵前《くらまえ》の蕎麦屋《そばや》へ行って、軒下に吊るす提灯に屋号と絵を描いた。狸《たぬき》が蕎麦を啜《すす》る絵だ。

これは問題なくできてほっとした。

胸の内では、豆次郎のことが気になっていた。その心の揺れを抑えて、仕上げたのである。

「おろおろするだけで、意気地のないやつだ。あたしは、あいつとは違うんだ」

豆次郎を罵った。そして自分の仕事を仕上げた。

先月は猿の絵でしくじったが、もうそういうことはなくなった。それが自信になっている。

蕎麦屋の親仁から手間賃を受け取ったお鈴は、道具の合切袋を持ったまま甚五郎の家へ行った。

予想通り、豆次郎はぼんやり縁側に腰を下ろしていた。

「昨日からずっと、あんななんだよ」

甚五郎の女房お玉が言った。あきれた口ぶりだった。

「あんた、情けないねえ。仕事が手につかないんだって」

お鈴は声をかけた。きつい言い方になった。

「だって、おいらのせいで」

またそめそ始まった。汚い顔になる前に、お鈴は手拭いを渡した。甚五郎の姿が見えない。

「そのままにはできないからね、下谷練塀小路《したやねりべいこうじ》の駒添様のお屋敷へ行ったんだよ」

お玉が言った。駒添は簡単に引くとは思えないが、何であれ話はつけなくてはならなかった。上物の鰹節を手土産にしたそうな。

お鈴にしたら、鰹節でさえ惜しい気がした。

「そもそも盗人に入られるなんて、そのお屋敷がだらしないからじゃないか。入り込んできたところで、さっさとやっつけちまえばよかったんだ。自分の不始末は差し置いて、錠前のせいにするなんて。卑怯なお侍だよ」

お鈴の怒りは収まらない。

「でも、錠前がしっかりしていたら、開けられなかった」

豆次郎は、お鈴の手拭いで涙を拭きながら言った。それはそうだが、開けられない完璧な錠前なんて、ないのではないかと思う。それを錠前職のせいにされたら、たまったものではないだろう。

「同じような工夫をした錠前は、あるんだろ」

「そりゃあ、あるさ」

「見せてごらんよ」

持って来させた。昨日駒添は、錠前を持って行ってしまったから、お鈴はじっくりとは見られなかった。手に取ってみると、なかなかに頑丈だ。

「あんたこれを、鍵がなくて開けられるかい」

「仕組みは分かっているから、針金を使って開けられるかもしれない。でも手間はかかると思うよ」

「仕組みが分からない人ならば、どうだい」

「無理だと思うけど」

「仕組みについて、誰かに話したかい」

「話すわけがない。錠前なんだから。親方にだけだよ」

そうだろうと思った。

「なるほど。開ける鍵は、いくつあったんだい」

「二本で、両方とも駒添様に渡した。いつもそうだから」

甚五郎のもとには、一本も残さないという。何かあって疑われてはたまらないからだ。

「じゃあ、錠前として不備はなかったわけだね」

「そりゃあそうだよ。親方だって、確かめたんだから」

涙がじわりと溢れ出た。これは悔し涙のようだ。

「じゃあ、おたおたすることなんてないよ。胸を張ればいいんだ」

お鈴はきっぱりと告げた。

「だ、だって」

すると豆次郎は、また目に涙をためた。大粒の涙がこぼれて、慌てて手拭いでこすった。

「そうなると、腑に落ちないねえ」

お鈴は呟いた。錠前が簡単に開けられたとは考えにくい。

「ならばあいつ、自分で開けて、盗まれたと言っているだけなんじゃないかね」

旗本だって、卑怯なやつはあいつ呼ばわりで充分だ。向こうの状況を予想した。錠前のせいにして、金子を強請《ゆす》ろうという魂胆だ。それならば町の破落戸と同じではないか。

「ま、まさか」

豆次郎は、驚きの声を上げた。信じられないといった顔だ。

「あんた、鍵を届けたんだろ」

「そりゃあそうさ。おいらが拵えたんだから」

「錠前をかける蔵を見たんだね。どんな蔵だったんだい」

「古い土蔵だった」

首を傾げながら、豆次郎は答えた。

「中には、お宝がいっぱい詰まっていたのかい」

「さあ、よく覚えていないけど。それほど多くはなかったような」

錠前のことで頭がいっぱいで、土蔵の中のことなど気にもしなかった。ただ埃くさいにおいがしたと付け足した。

駒添は、わざわざ錠前を新調したのである。告げていた壺や掛け軸だけでなく、他にもお宝があったと考えるのが普通だ。

壺と掛け軸だけが大事なら、床の間に飾るか押入に入れておけばいい。

そして甚五郎が、駒添屋敷から帰ってきた。浮かない顔をしていた。錠前だけの問題ではないことを、訴えに行ったのである。

「どうでしたか」

お玉が問いかけた。豆次郎は、怯えた顔で甚五郎を見詰めている。

「何を言っても、てんで話にならねえ。錠前が駄目だから家宝が奪われたと言って、他のことは聞かねえ。終《しま》いには大きな声を出して、脅そうとしやがる」

「乱暴だね。怪我がなくてよかったよ」

とお玉は返した。

「おれとしては、大騒ぎにはしたくなかった。錠前の出来についての話だから、穏やかに済ませたかったんだが」

品質を疑われるような噂が流れたら、後々の商いがやりにくくなるという判断だろう。

「それで、どうなったんですか」

「ああ。おれはお屋敷では、盗人に気づかなかったんですかいと訊いてみた」

「何もしないで、逃げられたわけじゃあないでしょうよ」

我慢しきれなくなって、お鈴は声を出してしまった。

「錠前が容易く開いたので、すぐに土蔵に入られた。まともな錠前ならば容易くは開けられず、捕らえることができたとぬかしやがった」

怒りが湧いたらしい。甚五郎の顔が赤くなった。

「ふざけた言い草だねえ。何でも錠前のせいにしている」

お玉も腹を立てていた。

「それで引き上げようとしたら、十八両を十六両にしてやるとぬかしやがった」

今月いっぱいに出せ、ということに変わりはないという。

「馬鹿にしているよ」

「まったくだ。一文だって、出さなくてはならない謂《いわ》れはねえんだ」

甚五郎が返した。甚五郎ならば、十六両は出せない額ではないかもしれない。けれどもだからといって出すのは、横車を押すやり方に屈することになる。

「本当にそうだよ」

「でも出さなければ、酷いことをしてくるんじゃないかねえ」

お玉は不安の声を漏らした。

それはありそうだ。じりじりと、金子を出すまで何かをしてくるに違いない。

「ああ。おいらが拵えた錠前で、こんなことになるなんて。もっとしっかりした錠前だったら」

ここでまた、豆次郎は泣き声になった。

「どんな錠前だって、こうなっただろうさ」

お鈴は返した。

「いや、おいらが拵えた錠前だと思うから、あいつは舐めたんだ。おとっつぁんやおっかさんに、嫌な思いをさせて申し訳ねえ」

「もういいからやめろ」

甚五郎は怒鳴りつけた。

「おいらなんて、生きていたって」

豆次郎は、呟いた。すっかり自信を無くしている。

しばらく前までは、錠前職人の仕事を嫌がっていた。せっかく仕事に張りを持つようになってきたばかりの出来事だった。

お鈴は駒添十三郎を許せない。

四

甚五郎は仕事場に戻った。お玉からは、豆次郎を慰めてやってほしいと言われた。豆次郎は、まったく仕事に手をつけられない。錠前に触れようとすると、指先が震えるとか。

「でもさ、駒添っていう旗本は、よほど金子が欲しいんだね」

二人だけになったところで、お鈴は言った。旗本のくせに、執念深いと考えたところからだ。天下の直参が、それくらいの金子でがたがた言うなという気持ちだ。

きっと何かがある。

「あいつのことを、調べてみよう。何か出てきたら、こっちから脅してやればいいんだ」

旗本だって、怖くはないぞという気持ちだ。

「そ、そんなこと。相手はお旗本なんだから」

豆次郎は、すっかりいじけている。このままでは、せっかく湧いた錠前職への気持ちがしぼんでしまう。そうはさせたくなかった。

「さあ、行こう。ここでめそめそしていても、始まらないよ」

尻を叩いた。

「でもねえ」

「いいから行くんだ」

お鈴は豆次郎の腕を摑んで、通りまで引きずり出した。

「駒添屋敷の場所は、分かっているんだろ。案内をおしよ」

「まあ、分かるけど」

気が進まないらしいが、それはかまわない。豆次郎に合わせていたら、何もできない。

神田川を北に越えて、下谷練塀小路に入った。武家屋敷が並んでいる。掃除や手入れの行き届いた屋敷もあれば、荒んだ気配の建物もあった。屋敷の様子で、その御家の内証の具合が見えるような気がした。

小さいときから金貸し稼業の手伝いをさせられているから、ついそのあたりに目が行ってしまう。

人通りはほとんどない。たまに侍や中間《ちゆうげん》が行き過ぎるだけだ。塀向こうの柿の木に、まだ青い実がなっているのが見えた。豆次郎はのろい足取りで、ときおりため息をつきながら立ち止まる。

そのたびにお鈴は、邪険に背中を押した。

「ここだよ」

豆次郎は立ち止まって、片番所付きの長屋門を指さした。敷地は六百坪くらいありそうだったが、長屋門はいかにも古びていて、手入れが行き届いていない印象だった。屋根の瓦が崩れかけていて、そこから草が生えている。

「こりゃあ酷いじゃないか」

お鈴は声を上げた。前は将軍様の近くに仕えていたといっても、今は無役だという。荒んだ暮らしぶりが窺えた。番所を覗いても、人の姿はなかった。

近くの辻番小屋《つじばんごや》へ行って、番人の老人に問いかけをした。小銭を与えた上でだ。

「お役についていた頃は、あんなじゃなかったけどねえ。今は見る影もないよ」

奉公人も減って、下男《しもおとこ》の老人が一人いるだけだと教えられた。

「奥方や若殿様なんかもいるんですよね」

「前はよく顔を見たが、そういえば近頃は見かけない」

まさか離別したのではないだろうと笑った。

「駒添様は、外へ出かけることはありますか」

「夕方、酒を飲みに行くことがある。佐久間町《さくまちょう》の煮売り酒屋で飲んでいる姿を見たことがあるよ」

煮売り酒屋の屋号を聞くと、お鈴は豆次郎の袖を引いて佐久間町へ行った。神田川の北河岸の町だ。

煮売り酒屋はすぐに分かった。

丼を持って煮付けを買いに来たらしい婆さんが、中年の女房ふうと話をしていた。煮付けの醤油《しょうゆ》と出汁《だし》の混じったにおいが鼻をくすぐってきた。

そういえば、まだ昼飯を食べていなかった。がんもどきと竹輪、蒟蒻《こんにゃく》の煮付けを二皿買って、豆次郎と食べることにした。

豆次郎は食べないかと思ったが、皿と箸を受け取った。腹はすくらしい。お鈴は食べながら、女房に問いかけをした。

「お旗本の、駒添十三郎様を知っていますか」

「ああ、練塀小路にお屋敷があるお侍だね。月に二、三度は来るよ」

「どんな感じですか。酒癖は悪くないですか」

「何かというと威張るからねえ、それを知っている人は近寄らないようにしているよ。前は将軍様に近い、いいお役についていたと自慢をするけどね」

「酒癖がよくないんですね」

「まあそうだね。この前は、足がちょっとぶつかったって言って、大工の若い衆に絡んでいたっけ」

「どうなったんですか」

「酒と煮付けの代を払わせた」

「嫌なやつですね」

一応客だからか、女房はそれには返事をしなかった。女房に跡取りのことについて尋ねたが、それについては知らないと言われた。

「駒添家に出入りしている商家を知りませんか」

当てにしてはいなかった。

「何年か前まで、出入りしていた味噌醤油の店は知っているよ」

言われたので、屋号と場所を教えてもらった。煮売り酒屋が、そこから仕入れをしているそうな。

煮付けを一皿食べ終えたところで、お鈴と豆次郎は煮売り酒屋を出た。

味噌醤油屋には、二十代半ばの歳の手代がいたので、お鈴は練塀小路の駒添家を知っているかと尋ねた。

「二年半くらい前まで、出入りしていた御家です」

覚えていたので、小銭を握らせた上で問いかけを続けた。

「出入りを止《や》めたのは、何かわけがあるのですか」

「ええ、まあ」

言いにくそうにしたが、話してほしいと頼んだ。

「いや。納めた品代を、お払いいただけなくなったからです」

理由としては分かりやすかった。

「それで向こうはどうしましたか」

「たいそうご立腹になりました。私は胸ぐらを摑まれて、壁に体を押しつけられました」

気に入らなければ、大きな声を出して威嚇する。払われないままに捨て置かれている代金もあるとか。

「前から払いが悪かったのですか」

「そうではありません。奥方様がおいでのときには、きちんとお支払いいただきました」

「今は、奥方様はいないのですね」

「離別したと聞きますが」

「不仲だったのでしょうか」

「それは分かりませんが、お役御免になっていろいろあったようで」

駒添は酒癖が悪く荒れたらしい。

「味噌や醬油の代も、払えなくなったわけですね」

「そうです。まあ詳しいことは分かりませんが」

「どこかで分かりませんかね」

無理な問いかけだと思いながらも、言ってみた。手掛かりになることが聞ければ、めっけものだ。

「それならば、出入りの札差《ふださし》へ行ったら分かるのではないですか」

と告げられた。札差は直参の禄米を代理受領し、換金するのが仕事だ。しかしそれだけではなく、先の年の禄米を担保に金を貸す商家だとお絹から聞いていた。同じ金貸しに、そういう店があると教えられていた。

「どこの札差か分かりますか」

「はて、そういえば耳にしたような」

手代は少しの間首を傾げた。そして自信なさそうに口を開いた。

「確か松井屋《まついや》とか、松尾屋《まつおや》とか言ったような」

これだけ聞ければ、充分だった。蔵前へ行って、探せばいい。

「それにしても駒添というのは、下っ端とはいえ旗本のくせに、金に汚い乱暴なやつだねえ」

味噌醤油屋を出たところで、お鈴は言った。

豆次郎は体を強張らせて、小さく頷いた。そして問いかけには、一切加わらなかった。とはいえ聞いていなかったわけではない。

「何とか、お言いよ。あんたのことなんだから」

お鈴は苛立つ気持ちを、そのまま口から出した。

「とんでもないお侍に目をつけられてしまった」

声が、震えていた。また目に涙の膜ができている。

男のくせにすぐ泣くやつだと、さらに苛立ちが増す。けれども見捨てることは、できなかった。

同じ火事で、両親を亡くした。お絹に引き取られて松枝町で暮らすようになったとき、甚五郎に引き取られた豆次郎も、同じような境遇だった。毎日のように、顔を合わせてきた。

錠前職人になることを嫌がっていた豆次郎だが、今は違う。錠前職人として一人前になりたいと願うようになり精進していた。そしてお鈴は看板描きとして一人前になりたいと力を尽くしている。

どうなるかも分からなかったが、ようやく先が見えてきた。そんな矢先の出来事である。甚五郎が駒添に十六両を渡したら、豆次郎は自信を失い、錠前造りができなくなる。

そんなことは、許せない。

「阿漕《あこぎ》な小旗本ごときに、いいようにされてたまるか」

必ず引き下がらせてやるという決意が湧いてきた。

五

お鈴は豆次郎と蔵前へ行こうと考えたが、思い留《とど》まった。札差がいきなり現れた見も知らぬ者に、出入りする直参の暮らしぶり、特に金銭にまつわる状況を話すとは思われなかった。

お絹だって貸した客の内情について、お鈴には話しても他所《よそ》の者には一切話さない。それは金子にまつわる商いをする者は、借りた者の秘密を守るという矜持《きょうじ》があるからに他ならなかった。

「じゃあどうするか」

お鈴にしてみれば、駒添の暮らしぶりが分かったからといって、それを言いふらすつもりはない。駒添が持ちかけた無理難題を引かせるために、その手掛かりになるものを探したいだけだ。とはいえそれを札差に分かってもらうのは難しいだろう。

「ならば、じいちゃんに相談してみよう」

と考えた。倉蔵は岡っ引きでも、蔵前界隈が縄張りではない。出る幕はないかもしれないが、知恵は貸してもらえるだろう。

お鈴は豆次郎と共に、田楽屋のうさぎ屋へ足を向けた。

倉蔵はおトヨと、田楽の下拵えをしていた。倉蔵は仏頂面をしているがおトヨは愛想がいいので、店は繁盛していた。

倉蔵は手仕事をしながら、お鈴の話を聞いた。ここまでのすべてを伝えたのである。

「なるほど。駒添という小旗本は、弱い者を泣かせて金稼ぎをしているわけか」

「そうだよ。豆次郎のこれからが、そんなやつのために潰されてしまうなんて我慢できないよ」

駒添が出入りする札差から、話が聞けるようにならないかと頼んだ。

「分かった。どこまで聞けるかは分からねえが、蔵前界隈を縄張りにする岡っ引きに声をかけてやろう」

倉蔵は、作業の手を止めた。

お鈴と豆次郎は倉蔵に連れられて歩き、浅草御門を北へ渡って、幅広の通りに出た。すぐに札差のものらしい重厚な建物がいくつも見えてきた。店の前には、金を借りに来たらしい直参の姿が窺えた。

浅草寺《せんそうじ》方面に歩き始めると、彼方《かなた》に御米蔵の広大な建物が見えた。

瓦町《かわらまち》の横道に入ったすぐのところに、しもた屋があって、そこが土地の岡っ引きの住まいだった。倉蔵が声をかけた。

「これは、わざわざ」

現れた岡っ引きは四十代半ばの、赤ら顔の大柄な男だった。強面だが、倉蔵には丁寧な物言いをした。

「札差に、松井屋あるいは松尾屋という屋号の店があるかね」

「松尾屋ならば、この先の天王町《てんのうちょう》にありますが」

すぐに返答があった。

「そこで、出入りする直参について、話を聞くことができるように図ってもらいてえ」

倉蔵はそう告げてから、お鈴と豆次郎を紹介した。大まかな、聞きたい理由も伝えた。

「お安い御用で」

倉蔵はそこで引き上げて、岡っ引きはお鈴と豆次郎を札差松尾屋へ連れて行ってくれた。鳥越橋《とりごえばし》の南側で、向かい側は御米蔵だった。

「どのようなことが、お知りになりたいので」

岡っ引きが引き上げたところで、お鈴と豆次郎は、紹介された番頭と店の土間の隅で向かい合った。上がり框のところでは、直参が店の手代と借金のための対談をしている、そのやり取りの声が聞こえた。

「出入りのご直参に、駒添十三郎様という方がいませんか」

お鈴は小さめな声にして尋ねた。

「いますよ」

「お金は、借りているのでしょうか」

「まあ。出入りするご直参のあらかたに、ご用立てをしています」

駒添にも貸しているという話だ。

「かなりの額なのでしょうか」

「そうですね」

わずかに困った、という表情をした。土地の岡っ引きの紹介だから話すが、耳にしたことを他所で話してはいけないと念押しをされた。

「大丈夫です。ここだけの話で」

「駒添様には、何代も前からご用立てしています。ただ十三郎様の代になってから、相当に増えました」

「何かあったのでしょうか」

「暮らしぶりが奢侈《しゃし》だと、知り合いのご直参は話されました。吉原《よしわら》へも、度々お出かけになっていたようで」

「奥方様がいたのにですか」

「はい。吉原の他にも遊ぶ場所はあるようで、特にお役を降ろされた後は、金遣いが荒くなりました」

「足りなくなるたびに、借りに来たのですね」

「うちは、金子をご用立てすることも商いの内ですからね、頼まれればお貸しします」

「そうでしょうね」

得られる利息が、利益になる。お絹とお鈴も、それで食べていた。同じことだ。

「ですがいくらでも貸せるわけではありません」

「駒添様は、限度を越したということでしょうか」

先回りして言ってみた。

「はい。もうお貸しできないほどになりました」

「おとなしく聞きましたか」

「いろいろとありました」

暴言や脅しもあったようだ。しかし貸せないということで、話をつけた。

「なるほど」

札差から借りられなくなって、豆次郎を出汁にしようとしたのかと考えた。

「駒添様は、うち以外でも借用をなさったようです」

「高利貸しですか」

お絹はもちろん、まともな金貸しならば、札差で借りられなくなった者には貸さない。返済が見込めないからだ。町の金貸しには、将来の禄米は担保にならない。

「まあ、そうでしょうね」

追い詰められた直参に高利貸しが貸すのは、旗本株や御家人《ごけにん》株を売らせようと考えるからだ。直参としての身分を、売り買いするという話だ。

金で株を売った者は、浪人となる。

「いったい、どこから借りているのでしょうか」

「それは存じ上げません」

札差以外から借りているという話は、噂で聞いただけだという。

「親しくしているご直参ならば、知っているかもしれません」

そうかもしれない。店の中を見回すと、土間にある縁台に腰を下ろして、順番を待っている直参が四人いた。

番頭には礼を言って、帳場へ戻ってもらった。そしてお鈴は、縁台に腰を下ろしている直参に声をかけた。

「駒添十三郎様をご存じでしょうか」

「知らぬ」

あっさり返されたが、お鈴はめげずに二人目に問いかける。豆次郎は、どうしたらいいか分からないといった顔で突っ立っていた。

残り二人に声をかけて、そのうちの一人は駒添を知っていた。けれども札差以外から金を借りていることについては、聞いたことがないと告げられた。

対談が終わって帰ろうとする三十歳前後の直参にも、頭を下げて尋ねた。

「駒添どのは、よほど追い詰められているようだ」

事情が分かるらしかった。

「高利貸しでございますね」

「いかにも。わしはやめろと申したのだが」

「相手は、どこの誰でしょうか」

そこへ行けば、駒添が追い詰められている実態がはっきりすると思った。

「神田富松町《とみまつちょう》の梅吉《うめきち》という者だと聞いた」

「ああ」

その名をお鈴は聞いている。阿漕な金貸しとして、神田界隈の金貸しの間では、知らない者はいなかった。

「あそこから借りたら、もう終わりだよ。身ぐるみ剝がれて、放り出される」

お絹はそんなことを口にしていたことがある。借りるときは極めて愛想がいいが、取り立てについては苛烈だった。お絹といい勝負だと言われるが、利率がまったく違う。返せないと分かっていても、建物や娘があれば貸す。

「馬鹿だねえ。そんなところから借りて」

呟きになった。

六

高利貸し梅吉の顔を、お鈴は一度だけ見たことがあった。一年半くらい前に、お絹と町を歩いていてすれ違った。

「あれが名うての高利貸しだよ」

と教えられた。五十にはならないといった歳で、いかにもふてぶてしそうな面差《おもざ》しだった。悪相の用心棒を連れていた。

できれば関わりたくない相手だ。とはいえここまできたら、関わらないわけにはいかなくなった。

富松町へ行ってみることにした。神田川の南河岸の町だ。木戸番小屋の番人に尋ねて、梅吉の住まいはすぐに分かった。百坪程度の敷地で、まだ新しい瀟洒な建物だった。

「高利貸しなんだろ、何だか怖いね」

豆次郎も、梅吉の噂はどこかで聞いているらしかった。初めから腰が引けている。

「じゃあ甚五郎さんに、十六両を払わせるのか」

そう言ってやると、顔を歪めた。「怖い」と口にするだけで済むならば、気楽なものだ。責めれば泣く。面倒なので、無視して梅吉の家に近づいた。誰かいればいいと思ったが、人の姿はなかった。

　さすがにお鈴も、声をかけるのは躊躇われた。腹を括って手を伸ばした。戸を叩こうとして、背後に人が現れたことに気がついた。

　悪相の男三人だった。その中の一人が羽織を身に着けていて、それが梅吉だった。後の二人は歳も若く、用心棒だろう。どこかへ出かけて、帰ってきたところらしかった。

「何だ、おめえ。何の用だ」

　若い衆の一人が言った。

「梅吉さんに、話を聞きたかったんだ。駒添十三郎という、ご直参について」

　気圧されそうになったが、力を振り絞ってお鈴は返した。

「どうしてそんなことを、訊くんだ」

「そいつに、困らされているからさ」

「ふん。そんなこと、知ったこっちゃねえぜ」

　乱暴な返答だった。どうでもいいといった口ぶりだ。

「でも、どうしても聞かせてもらいたいんだ」

　お鈴は負けちゃいけないと思いながら、胸を張って言った。

「うるせえ。邪魔だからそこをどきな。いつまでも分からねえことをぬかしていやがると、小娘でも容赦はしねえぜ」

もう一人の若い衆が言った。

話したところで、分かってもらえる相手ではないと思った。

「お願いします。駒添というお侍が、今どうなっているか教えてもらいたいんです。あたしたちはそのお侍に、酷いことを言われています」

聞いてもらえるならば、事情を話すつもりだった。しかし若い衆は、お鈴の腕を摑んでどかそうとした。体の大きい方の者だ。

どかされて家に入られたら、もう会ってもらえないと思った。だから必死で、差し出された腕を摑んでいた。相手はそれを、邪険に払おうとした。

「何をしやがる」

若い衆の腕に、力が入った。お鈴は摑まれた腕を引いた。そして次の瞬間、体が動いてしまった。

「やあっ」

腕を摑んで、腰を入れていた。足を払うと、若い衆の体が一瞬にして転がった。

これから話を聞こうとする相手だ。そこまでするつもりはなかったから慌てた。

「何をしやがる」

もう一人の男が、腕まくりをした。小娘に舐められてたまるか、ということらしい。身構えた。

こうなると、お鈴としては逃げるか受けるかしかなかった。

「あたしは、話を聞きたいだけなんだ」

若い衆の後ろにいる梅吉に目を向けて言った。腹に力を溜《た》めて口にしたのである。

「何をほざきやがる。このあま」

拳を握りしめた若い衆が、殴りかかってこようとした。そのときだ。

「やめろ」

梅吉がどすの利いた声で言った。それで若い衆たちの動きが止まった。

「面白い娘だ」

お鈴の顔をしげしげと見ながら言った。迫力があった。

怯みそうになる気持ちを抑えて、見詰め返した。目を逸《そ》らしたら、答えてもらえなくなると思った。

「おまえは、どこの娘だ。答えたら、話してやってもいいぞ」

お絹の名など、出したくはなかった。お絹ではなく自分が訊いているのだと思った。

ただそれでは、通らないらしい。

「ばあちゃんの家にいるんだ」

「その婆さんの名を言え」

梅吉は譲らない。

「お絹っていうんだ」

そう言うと、梅吉は目を丸くした。そして直後、大笑いをした。

「鋮ばばあの孫娘か。どうりで気が強いと思ったぜ。そっくりじゃねえか」

「そっくりじゃないけど」

そう言われるのは不満だった。まるで違うだろうと言いたい。

梅吉は、お絹を知っているらしかった。綽名まで口にした。

「なぜ知りたいのか、わけを言ってみろ」

と告げられて、駒添から強請られていることを手短に話した。

「なるほど。あの野郎、追い詰められてそんなことを企んだのか」

甚五郎や豆次郎は駒添に困らせられているが、梅吉にとっては、単なる金子の借り手としか考えていない様子だった。

「おれはあいつに、十四両を貸している。一年半前から始まって、元利合わせてその額になった」

なかなかの額だと思った。求めてきた十六両は、それがあってのことだと予想がついた。

「返済の日は、いつですか」

「今月末さ」

「返せると言ったのですか」

「月末までには、金子が入ると言いやがったね」

梅吉は、ふてぶてしい笑みを浮かべた。

それでお鈴は、駒添が何としても引かないわけが分かった。

「期日までに返済できなければ、どうなりますか」

「旗本株を売ってもらう。その約定で貸したんだ。あいつは、札差では借りられず、ここへ来た。約定を踏まえた上で、証文に署名をして借りたのだ」

「期限を延ばすことは」

「銭ばばあと同じだ。何があってもない」

「ありがとうございます」

お鈴は頭を下げると、出入口の前から身を引いた。梅吉は何事もなかったように、家の中へ入っていった。

はあとため息を吐くと、体から力が抜けた。

「ああ、お鈴ちゃんに何もなくてよかった」

豆次郎が近づいてきて言った。蒼《あお》ざめた顔になっているのは、よほどはらはらして見ていたからだろう。とはいえ何かをしたわけでもなく、言ったわけでもなかった。

「もしあたしがどうにかされたら、どうするつもりだったんだい」

と言ってみた。今になって思えば、いかにも凶暴そうな男三人を前にして、啖呵を切ったのである。怖くなかったわけではない。投げ飛ばしたのだって、必死だったからだ。

「そ、それは」

豆次郎は、おろおろした様子で答えられない。

「とんちき、腰抜け。あたしはあんたのために、できる限りのことをしているんじゃないか」

悔しくて、涙が出そうになった。豆次郎を残して、お鈴は歩き始めた。

「ま、待っておくれよ」

情けない声を出して、豆次郎が後ろからついてくる。

七

お鈴が松枝町の家に戻ると、お絹は自分の部屋で鋏を研いでいた。毎日欠かさずしていることだ。

豆次郎は、家の外へ残したままにした。意気地なしでも、家へ帰るくらいは、一人でできるだろう。

「なんだか、いろいろあったようだね」

帰った挨拶をすると、そう言われた。表情を見て感じたらしい。

「まあね」

豆次郎と駒添について訊き回った顚末《てんまつ》を伝えた。

「なるほど。駒添のやつは、追い詰められていたわけだね。旗本株を失いそうになっていたら、よほどのことでもするだろうよ」

聞き終えたお絹は言った。

「だから錠前を買い入れて、ありもしない話を拵えて因縁を吹っかけてきたんだ」

お鈴の怒りは収まらない。

「それにしても梅吉のやつ、よく話したねえ。あんたのことが、よほど気に入ったんだろうね」

「ばあちゃんに、そっくりだって言われた」

「冗談じゃあないよ。あいつは何も分かっていない。あたしゃあんたみたいに、間抜けじゃあない」

そっくりと言われたのが、不満らしい。そして続けた。

「でもまだ、ありもしない話かどうかを、決めつけることはできないよ」

お絹は鉞の刃に、はあっと息を吹きかけて丁寧に拭いた。刃先に顔が映っていて、それはさながら鬼面のように見えた。

「そうだけど」

昂ぶっていた気持ちが、だいぶ消えた。告げられた通り、駒添の追い込まれた様子が見えてきただけだった。それだけでは、非道の証拠にはならない。

「じゃあ、どうすればいいのさ」

少し不貞腐《ふてくさ》れ気味になって、お鈴は言った。ここまでだって、役立たずの豆次郎を抱えながら、常ならばできないことをしてきたつもりだった。

「駒添屋敷の土蔵に、十六両以上の値がつく壺と掛け軸が、本当にあったのかということだね」

「なるほど。なければ、奪われるも何もないわけだからね」

告げられてみれば、その通りだ。

「何を言っているんだい。そんなことにも気づかずに、歩いていたのかい。まったくあんたは間抜けだねえ。それじゃあ豆次郎と変わらない。あたしに似ているなんて、百年早いよ」

「………」

お絹とも似ていないが、豆次郎と変わらないと決めつけられるのはもっと不満だ。お絹は、何も分かっていない。ただそれを口にすれば、長くなりそうだ。

「でも、駒添屋敷の土蔵の中身についてなんて、どうやったら分かるんだろう」

「頭をお使いよ。土蔵の中に入るのは、駒添の他にはどこの誰だい」

「もう奥方様や跡取りはいない。年寄りの下男がいるだけだと思うけど」

「ならばそこから当たるしかないだろう」

確かに、下男ならば土蔵には入るかもしれない。

「それに屋敷にあった我楽多《がらくた》を、古物屋に売ったかもしれない」

「うん。それならば古物屋も、中に入ったね。きっと」

次に当たるべきは駒添家の下男、その次が古物屋だ。

「それにね、確かめなくちゃならないことはまだあるよ」

「えっ」

思いがけないことを言われた気がした。

「盗人に入られてお宝を盗まれたら、どうする。真っ先にするのは、錠前職人を責めることか」

告げられてどきりとした。

「そうだね。甚五郎さんのところへ来る前に、駒添家で賊を捜す」

「当り前だよ。することはそちらが先じゃないか」

武家では、盗人に入られたからといって、町奉行所に届けることはできない。その家が警固をすべきで、捕縛をどこかに依頼するなどはあり得なかった。

「それにねえ、この話はどうしても腑に落ちないよ」

「何がさ」

「そもそもだけど、貧乏旗本のところへ、わざわざ盗みに入る馬鹿がいるのかい」

「うん」

下谷練塀小路の中で、敷地の広さは別として、建物はどこよりもうらぶれて見える。馬鹿にされたが、お絹の言うことはいちいちもっともだった。


翌日、お鈴は下谷練塀小路の駒添屋敷へ行くことにした。豆次郎を呼び出した上でだ。

「お鈴ちゃんは、凄いね」

今日は、お鈴が行くのを待っていた様子だった。居てもどうせ役に立たないからか、甚五郎夫婦は、豆次郎が出かけるのを嫌がらなかった。

昨日は、さんざん叱りつけてやった。少しは効いたのかもしれなかった。歩きながら、お絹と話した内容について伝えた。

「そうだね。壺や掛け軸なんて、初めからなかったかもしれないし」

二人は、駒添の古びた長屋門の前に立った。立ち並ぶ武家屋敷の中で、際立ってみすぼらしく感じる。落ち葉も、通りの隅に溜まっている。建物の手入れにしても、掃除にしても、下男の老人が一人きりでは手が回らないのは明らかだ。

「追い詰められているんだから、売れるものは、とっくに捌《さば》いちまったんじゃないかねえ」

「うん、そうだね」

豆次郎も聞き込みの中で、自分の落ち度というよりも、嵌められたという気持ちが強くなったようだ。意気地はなくても、あれこれ考えはするのだろう。

まずは近くの辻番小屋へ行って、お鈴は番人の老人に問いかけた。

「駒添家の下男は、よく外へ出てきますか」

「まあ、門前の掃除に出たり、用足しに出たりはするようだが」

「今日は、出かけましたか」

「見かけないねえ」

見張っているわけではないから、見逃しはあるかもしれない。それは仕方がなかった。呼び出すわけにはいかないから、待つことにした。すると豆次郎が、番人に問いかけをしたので驚いた。

「古物屋のような人が、来たことはありませんか」

「来たかもしれないが、こっちはいちいち確かめるわけではないのでね」

精いっぱいの気持ちで問いかけたらしいが、肩透かしを食った。肩を落とした。それでも昨日よりはいいとお鈴は考えた。

下男に問いかけたいので出てくるのを待つが、番人には他にも問いかけたいことがあった。駒添が、盗みがあったと言い張る夜のことだ。その日をはっきりさせてから、尋ねたのである。

「駒添屋敷に盗人が入ったと聞きましたが、気がつきましたか」

「そういえば、夜中に慌てた様子でやって来たっけ」

「どんな様子でしたか」

「まず屋敷の下男が、血相を変えて尋ねてきた。怪しい者が、通らなかったかってね」

「それでどうだったのですか」

騒ぎになっていたのならば、盗人が入ったことになる。お鈴と豆次郎は顔を見合わせた。番人が言う通りならば、駒添は嘘をついていないことになる。

豆次郎が、半べそになった。

「見かけなかったからね、そう答えた」

「それだけですか」

「殿様も来た。同じことを訊かれた」

慌てた様子だったが、すぐに行ってしまったという。

「その後は」

「何も。次の日、殿様を見かけたが、何ごともなかったような顔だった」

周辺の、他の辻番小屋へも行った。同じ問いかけをしたのである。

「殿様も下男も、来たよ。どちらも慌てた様子だったね」

「そうですか」

気持ちが沈んだ。ならばやはり、賊は盗みに入ったのか。壺と掛け軸は奪われたのか。

「錠前を開けられたとなると、甚五郎親方の錠前職としての腕を疑われるんじゃあないか」

豆次郎が、呟いた。駒添への賠償だけでなく、職人としての信用のことまで気にしている。お鈴以上に、気持ちがめげたらしい。

「それで怪しい者の姿は、あったのですか」

「いや、何も見なかったねえ」

初めの番人と、変わらない内容だった。その後は何ごともなかったというのも同じだった。

さらにやや離れた辻番小屋へ行った。ここでも番人に問いかけた。

「へえ、そんなことがあったのかい。でもここへは、誰も訊きには来なかったよ。もちろん、怪しい者の姿も見なかった」

気づかなかっただけかもしれないが、問いかけた番人の中では、夜間の不審者を目にした者はいなかった。近所の屋敷で、たまたま通りに出てきた侍にも、頭を下げて問いかけをした。

「盗人だと。そのような話は聞かぬぞ」

あっさりと返された。

「やっぱりおかしいじゃないか」

お鈴は言った。

「う、うん」

豆次郎は煮え切らない。

「駒添のやつは、屋敷の周りでちょろっと訊いただけだ。いかにもわざとらしいよ」

後で何かあったときのために、一応やったというようにしか見えない。ただ駒添は卑怯だから、取り調べとなれば、捜したと話すだろう。

八

お鈴と豆次郎は、駒添屋敷の前まで戻って来た。周辺での聞き込みは、都合のいいものばかりではなかった。

わずかに元気を取り戻したかに見えた豆次郎だが、だいぶ後戻りをしてしまった。気の弱さが、すぐに前に出る。どやしつけてやりたいところだが、あまりやると萎縮してしまうかもしれない。

辻番小屋の前を通ると、番人が声をかけてきた。

「少し前に、下男の爺さんが、屋敷を出て行ったよ」

と教えてくれた。ありがたかった。出かけたのならば、待ってさえいればいずれ戻って来る。待つことにした。

半刻ほどして、中間姿の老人が歩いてきた。

「あの人だよ」

豆次郎が言ったので、お鈴は駆け寄った。多めの銭を握らせた。

「教えていただきたいことがあります」

「何だね」

受け取った銭を、握り締めたまま顔を向けた。

「お屋敷には、いろいろな大事なお品があると思いますが」

「まあ、そりゃあな」

いきなり何を言い出すのかといった顔をしたが、不快に感じる様子は窺えなかった。握らせた銭が効いているならば幸いだ。

「そのお品のために、古物商などを呼ぶことはなかったでしょうか」

「どうして、そんなことを訊くのかね」

疑問に思ったらしい。当然の問いかけだ。

「うちでも、不要な品を買い取らせたいと考えています。でもどこへ売ったらいいか。お武家様がお使いになる店ならば、確かではないかと」

まずは考えていた理由を伝えた。

「なるほど。当家では、二年近く前に、津田屋《つだや》という店の主人を呼んだ。しかし吝いやつでな、高くは買わなかった」

「でも、お宝はすべて見せたわけですね」

「それはそうだ」

ならばそれでいい。津田屋は神田仲町《なかちょう》にあるという。主人の名は佐兵衛《さへえ》だとか。筋《すじ》違橋《かいばし》北袂に近い町だ。それで下男は、屋敷に入った。姿が消えると、豆次郎が近寄って来た。

耳にしたことを伝えた。

「すぐに行ってみよう」

「そうだね」

都合がいい話を聞くと、気持ちが上向く。薄っぺらなやつだとお鈴は思う。

とにかく行った。

間口三間ほどの店で、我楽多にしか見えないものが、店の中いっぱいに置かれていた。それぞれに値札がつけてあって、二束三文の品もあれば、どうしてこれがというような高値を付けているものもあった。この店の主人なり番頭なりが、高額な値のつく壺なり掛け軸なりがなかったと証言したら、駒添の言い分は通らなくなる。

いざとなれば、お目付に訴えてもいいと思った。門前払いを喰《く》うかもしれないが、そういう苦情が出たというのは、公儀の中で伝わるだろう。

「ごめんなさいまし」

お鈴が声をかけると姿を見せたのは、五十代半ばとおぼしい羽織姿の主人だった。店の奥では若旦那らしい羽織姿の者が、商いの綴《つづ》りを広げて算盤を入れていた。

「こちらはお旗本の駒添十三郎様のお屋敷へ、お出かけになったことがあるそうで」

「そういえば、あったっけ」

すぐには思い出せない様子だったが、しばらく待っていると頭に浮かんだらしい。

「ああ、伺ったことがあった。二年くらい前だったたね」

「土蔵に入って、お屋敷のお宝を見たわけですね」

「お宝というほどの品は、なかった気がするが。あらかたは我楽多で」

いい調子だと思いながら、念を押すように言った。

「そうでない品も、あったのですか」

「ええ。そういえば、一つ二つあったような」

「思い出せますか」

主人は首を傾げた。そして思い出したという表情になった。

「九谷焼の壺と、狩野派の、そうそう惟信の手による水墨画の掛け軸だった」

「見たのですね」

「うむ。あれは偽物ではなかった」

「買ったのですか」

「値によっては買ってもよいと思ったが、何しろ二十両以上の値をつけられた。本物とはいっても、あれはせいぜいが十五、六両くらいの品と見做《みな》したのでね」

がっくりした。駒添家には、壺と掛け軸があったことになる。これはこちらの見込み違いだった。

てっきり作り話だと思っていた。壺や掛け軸がなかったとはっきりすれば、駒添が因縁を吹っかけてきただけだと証《あか》せると思っていた。

「ひいっ」

豆次郎が、掠れた声を上げた。こちらには不利な証言だと分かるからだ。

こいつ、店を出たら必ず泣き出すと思った。

「でも他には、ろくなものはなかったんですよね」

「そうだね。覚えていなかったわけだから、なかったということだろうよ」

あれば覚えていると付け足した。

津田屋から外に出ると、案の定豆次郎はめそめそし始めた。半泣きの声で言った。

「駒添の屋敷には、やっぱり壺と掛け軸はあったんだ」

「あったかどうかは知らないけれど、他には我楽多みたいなものしかなかった。たったそれだけのために、錠前を新しく拵えるものか」

この話は、前にもした。

「だってさあ、あったことははっきりしたんじゃないか」

豆次郎は、あくまでも悪い方に取る。

「錠前を買い入れたのは、それらしく見せるためだけだよ。あんたや甚五郎さんを嵌めるために」

壺や掛け軸があったという話を除けば、作り物の話としか思えない。こちらは、調べられることはやり尽くした。細かな一つ一つを見て行けば、無茶を言っているのは向こうだと分かるはずだ。

「で、でも。駒添は、何があっても引かない」

豆次郎は、そう言ってまた涙を流した。

「しっかりおしよ」

お鈴は背中を押して、小泉町の甚五郎の家へ戻った。

九

お鈴が豆次郎を連れて甚五郎の家の前に立ったとき、思いがけない来客が来ているところだった。声を聞いただけで、それが駒添だと分かった。

中には入らず、耳を傾けた。豆次郎も声が耳に入り、それが駒添のものだと分かったらしく、蒼ざめた表情になった。

「金子の用意は、できたか」

凄味のある声で告げていた。催促に来たのだと分かった。

「いえ。うちの錠前には、まずいところはありませんでした」

甚五郎は、怯えた様子もなく答えていた。

「そうか。しかしな、それでは済まぬぞ」

駒添は激昂《げっこう》するかと思ったが、そこまではなかった。脅してはいても、怒りを前面に出してはいない。だから逆に、不気味だった。

「不備な錠前の話は、江戸中に広がるぞ」

「駒添様が、広げるので」

「まさか。わしはそのような真似はいたさぬ。しかしな、どこで聞きつけたのか、読売を出す者が訪ねて来た。事実かどうかとな」

「………」

「わしは追い返したが、またやって来たらどうしたものかと考えておる。下手《へた》な返答をすると、おぬしの錠前職としての評判に傷がつくからな」

「七十五日もすれば、噂は消えるのでは。他の錠前は、ちゃんとお求めいただいた方の役に立っています」

甚五郎の返答に、駒添は苛立った気配を窺わせた。

「金子を払わなければ、拵えた小僧は困ったことになるぞ」

「ほう。どのような」

「腕と指を折られて、二度と錠前造りができなくなるやもしれぬ」

いよいよ牙を剝《む》いてきた。追い詰められている駒添は、やるかもしれないとお鈴は思った。横にいる豆次郎の体が、がくがくと震え始めたのが分かった。

お鈴は堪《こら》え切れなくなって、敷居を跨いで土間に入った。

「そんな破落戸のような真似を、天下の直参がしていいのか」

怒鳴りつけるような言い方になったのが、自分でも分かった。

駒添は、お鈴と豆次郎に目を向けた。話を聞いていたことに気づいた様了で、口元に嗤いを浮かべた。

「わしがするのではない。半端仕事しかできぬ不束者《ふつつかもの》に、天誅《てんちゅう》が下されるのだ」

必死に生きる職人の一生を奪うような酷いことをして、知らぬふりをする腹だ。

「卑怯者」

「威勢がいいが、どうにもならぬ。錠前職の半端仕事のせいで、家宝の壺と掛け軸が奪われたことは明らかだ。わしはな、その責を取れと話しているだけだ」

「ふん。旗本株を失いそうになっているから脅して、金子を得ようとしているだけじゃないか。梅吉への返済は、今月末までと聞いているよ」

腹立ち紛れで、とうとう言ってしまった。

「何だと」

さすがに駒添は腹を立てたらしかった。顔が歪んで、赤黒くなった。それでもお鈴は続けた。

「盗みに入られたって、本気には捜していなかった。屋敷の周りを、わざとらしく回っただけじゃないか。本当に入られたのなら、もっと気をいれて捜すはずだよ」

「こちらを、調べたわけか」

駒添は、湧き上がった怒りを抑えたらしかった。怒声では、こちらを頷かせることはできないと踏んだようだ。

そうなったのは、こちらが口にしたことが、的外れではなかったからだとお鈴は受け取った。

「そうだよ。あんたの騙《かた》りに、嵌まらないためにね」

けれども駒添は動じない。赤黒かった顔から、色が引いた。憤怒《ふんぬ》の眼差しになっているが、狼藉を働く気配はなかった。

「その方が口にしたことなど、何の証拠にもならぬ。当家で、壺と掛け軸が奪われたことは紛れもない。不備な錠前のせいでな。もちろん当家にも、賊を捕らえられなかった落ち度はある。ゆえに金子の額も、減らしているのだ」

「ふん。それこそ、自分に都合のいい話にしているだけじゃないか」

お鈴は引かない。

「では金子を出すつもりは、ないというわけだな」

「そうだよ」

お鈴の言葉に、甚五郎も頷いた。

「後悔をするな。こちらは町奉行所の吟味方に訴え、詮議を求めるぞ」

「お武家が、町奉行所へかい」

「そうだ。直参を舐めてはならぬ」

町奉行所の有力者に、知り合いがいるということか。町奉行所は武家に権限はない。しかし町人の不正や落ち度については、取り調べをして処罰を下すことができる。

駒添は、横車を押し通すつもりのようだ。

捨て台詞を残して、駒添は引き上げて行った。姿が見えなくなって、お鈴の足が震え始めた。豆次郎を見ると、泣くこともできずに体を強張らせていた。

駒添にとって高利貸し梅吉への返済期日は、絶対のものとなっている。それまでには、金子を手に入れなくてはならない。町奉行所へ訴えるならば、すぐにも動くと察せられた。

もう一つ気になるのは、豆次郎に対する狼藉だ。職人にとっての手や指は、命にも代えがたい。

腸《はらわた》は煮えくり返るようだが、怒ってばかりいても埒《らち》が明かない。お鈴は甚五郎夫婦と話し合った。

「しばらくは、家から出さねえようにするさ」

甚五郎のところには、豆次郎の他にも職人がいる。その者たちにも、しばらくは泊まり込んでもらうと付け足した。

「じゃああたしは、じいちゃんに動いてもらうよ」

倉蔵に話して、周辺に住む人たちに伝えてもらう。事が起これば、周辺の者が騒ぎ立てるという寸法だ。甚五郎への町の者の評判は悪くない。倉蔵が声をかければ、皆は力を貸すだろう。

情けないとはいえ、豆次郎も錠前職人として地道に暮らしていることは誰もが知っている。

「豆次郎に、手出しなんかさせるものか」

お鈴は声に出して言った。

倉蔵に話を通した後、家に戻ったお鈴は、ここまであったことのすべてをお絹に伝えた。

「臆病者の豆次郎は、家から出ろと百万遍言ったって出ないよ。容易くは襲えないさ。それよりも気にかかるのは、町奉行所の件だね」

話を聞いたお絹は言った。そして続けた。

「古物商津田屋の主人佐兵衛が、駒添の屋敷で壺と掛け軸を見ていたというのが厄介だね」

品はあったということになるからだ。

「でもさ、それ以外は作り話としか考えられない成り行きじゃないか」

「まあそうだけど」

お絹が、今一つ浮かない顔で答えた。

十

それから二日は、何も起こらないまま過ぎた。

豆次郎は一切外に出なかった。家の中で過ごした。仕事場に腰は下ろしたが、手はほとんど動かなかった。常にびくびくしていて、何か物音がすると、怯えた顔でそちらに目をやった。

「怖がりの意気地なしめ」

お鈴は呟くが、豆次郎が小心なのは今に始まったことではなかった。ただ今は、それが幸いだと思った。なまじ外へ出られたら、その方が案じられる。お鈴は一日目は甚五郎の家にずっといた。二日目は看板描きの仕事をして、終わってから豆次郎の様子を見に行った。

そして三日目、北町奉行所の吟味方与力から、甚五郎と豆次郎に、明日出頭するように伝えられた。町役人《ちょうやくにん》を伴ってのことである。

駒添の言葉は、ただの脅しかもしれないと思ったが、そうではなかった。普通ならば取り上げられない話だが、駒添には北町奉行所の与力に親しい者がいて、取り上げられることになったようだ。

「腐っても、今のところは御目見の直参なわけだからね」

お絹が言った。

詮議の場には、お絹とお鈴も証人として同道する。それができるのは、倉蔵が定町廻り同心須黒伊佐兵衛に頼み込んでくれたからだ。お絹が一緒なのは、お鈴にしてみれば心強い。

「どうなるんだろう」

豆次郎は、おどおどしているだけだ。声をかけると、目に涙をためる。仕事道具には、手も触れなかった。

いよいよ呉服橋御門《ごふくばしごもん》内の北町奉行所へ出向く日となった。甚五郎と豆次郎に、町名主の他、お鈴とお絹が同道する。町奉行所へ行くのだから、さすがにお絹も鉞は持っていなかった。

身に着けているのは、先月芝居を観に行ったときの派手な色柄の着物だ。町奉行所へ行くのにどうしてとお鈴は思うが、それで気合が入るならば、口出しをするつもりはなかった。

どこか楽しげにも見える。

呉服橋御門を潜《くぐ》ると、周囲の景色は一変する。賑《にぎ》やかな町家から、いきなり大名屋敷の広がる武家地になった。

北町奉行所の敷地は二千五百六十坪で、国持大名が許される両番所櫓《やぐら》付きの長屋門だった。重厚な建物の前に立っただけで、豆次郎は足が動かなくなった。すでに目には涙がたまっている。

「さあ、行くんだよ」

お鈴は背中を押した。

建物内に入り五人は四半刻（約三十分）ばかり待たされた後、詮議の場へ連れて行かれた。町人同士の訴訟ならば白洲《しらす》が使われるが、今回の申し立ては御目見の直参によるものだったから、場所が変わると須黒から知らされていた。

二間続きの部屋で、襖《ふすま》が開かれている。片一方には畳が敷かれ、もう一方は板の間だった。

お鈴ら五人が座らされたのは、板の間の方である。

そして少しして、駒添が現れた。駒添は畳の敷かれた部屋で腰を下ろした。五人の方へは一瞥も寄こさなかった。

吟味方与力と書記役の同心が姿を見せて、お鈴らは頭を下げた。

「訴えによると、甚五郎配下の豆次郎が拵えし錠前が、不備であったという。そのために駒添家では大きな損失を得たとの申し出である。それに相違ござらぬな」

「いかにも」

駒添が返答した。与力はそこで、板の間にいる五人に目を向け言葉を続けた。

「充分な警固を行っていたが、深夜賊に侵入された。捕らえんとしたが、錠前は容易く破られた。そして家宝であった九谷焼の壺と狩野派の絵師によって描かれた水墨画の掛け軸が奪われた。もし錠前が堅固であれば、破るのに手間取り賊を捕らえることができた。捕らえられなかったのは、ひとえに錠前の不備があったゆえで、その損失十六両を親方の甚五郎と拵えた豆次郎が負担せよという内容である」

「さよう。賊を捕らえられなかったことについては、当家にも落ち度がござった。ゆえに本来の損失額よりも、大幅に減じてござる」

これまでとはまったく別人のような、神妙な口ぶりだった。こちらが述べようとしていた一つを、駒添自身が潰したことになる。

「それについて、申し開きはあるか」

吟味方同心に告げられて、甚五郎が答えた。

「うちで拵えた錠前は堅牢にて、容易く破られるものではございませんでした」

「それでは、話が合わぬ」

「さようで。駒添様の言いがかりと受け取っております」

「それを証明できるか。天下の直参からの申し出を言いがかりとなす以上、確たるものがなくてはなるまい」

そこでお鈴が口を開いた。本来ならば豆次郎に話させたいが、それはできないところだ。この場にいるだけでも、上出来といわなくてはならない。

「申し上げます」

お鈴は、盗人が入った夜の駒添家の捜索の足りなさについて、周辺で得た証言をもとにして伝えた。さらに駒添家の借金の返済期限が迫っていること、払えなければ旗本株を手放さなくてはならない状況にあることなどを伝えた。

「土蔵内のあらかたの品は、すでに売り払っております。残っているのは我楽多ばかり。壺と掛け軸のためだけに錠前を新調するのは、おかしな話でございます」

神田仲町の古物商い津田屋主人佐兵衛の証言についても触れた。

「要するにその方らは、駒添家には賊など押し入っていないと申すわけだな」

「はい。そもそもどこのお旗本さまのお屋敷でも、容易く賊が入れるようにはなっていないと存じます」

ここで駒添が口を挟んだ。

「こやつらは、己の錠前の不備を棚に上げて、盗難がなかったことにしようとしているのでござる。また当家の内証にまで触れるなど、町人の分際で無礼千万。盗みの話には関わりのないことでござる」

「ううむ。いかにもそうだな」

与力は頷いた。駒添の肩を持つ口ぶりだとお鈴は感じた。さらに駒添は続けた。

「当家の家宝が奪われたことは間違いない。錠前の不備は、そのようなことで帳消しになるものではござらぬ。そもそもあの者らの申しようは、曖昧なものばかりで、確証となるものは何一つない」

「受け取り方次第の話でござるな」

与力は頷いた。

「さよう。そのようないい加減な申し出に左右されることはござらぬ。こやつらに、十六両の支払いを命じていただきたい」

「そうですな」

駒添に促された与力は、居住まいを正した。声を出そうとしたところで、お絹が口を開いた。

「申し上げます」

張りのある声が、部屋の中に響いた。

「何だ。話したいことがあるならば、さっさと申せ」

「一人、話を聞いていただきたい者があります。ここへ呼んでもよろしいでしょうか」

「何者か」

「神田仲町古物商い津田屋の若旦那佐之助《さのすけ》さんです」

「よし。呼ぶがいい」

与力が応じると、駒添がわずかに声を漏らした。止めようとしたらしいが、与力は許可の声を出してしまっていた。

お絹はぱんぱんと二度手を叩いた。すると廊下に足音が響いて、倉蔵が羽織姿の歳の頃二十代半ばといった若旦那ふうを連れてきた。

お鈴は、その顔に見覚えがあった。津田屋の主人佐兵衛から話を聞いたとき、奥の帳場で算盤を弾いていた者だ。

「佐之助さんは、駒添屋敷に行ったことがあるね」

お絹が問いかけた。

「あります」

「それは、いつのことだったかね」

「一年近く前です。売りたい品があるというので、参りました」

「旦那さんは行かなかったのかい」

「おとっつぁんは、風邪を拗《こじ》らせて寝込んでいました」

「なるほど。それでそのときは佐之助さんが屋敷まで出向いて、土蔵の中に入ったんだね」

「入りました。見なければ話になりません」

「そのとき、九谷焼の壺と狩野派の掛け軸はあったのかね」

「ありませんでした。私はその話を聞いていたので、買ってもいいと考え駒添様にお尋ねしました」

「そうしたら」

「すでに売ったとのことでした。あとはさしたる品もなく、古い置物を少しばかり買いました」

「よく話してくれたねえ」

お絹はそれから、与力の方へ顔を向けた。顔を歪めた駒添は、憎しみの目をお絹に向けていた。

「御役人さま、ない物を奪うことはできません」

与力は、忌々し気な表情で頷いた。

駒添は、言葉を返せなかった。

「こちらからの金子を、借金の返済に充てる腹だったのでございましょう」

甚五郎が続けた。

駒添の訴えは通らなかった。虚偽の訴えをしたということになる。

しかしそれについては、町奉行所では審議をしなかった。旗本に対しては、町奉行所には捜査の権限がないからだ。また錠前の出来具合についても、改めて触れられることはなかった。

「お目付に、訴えるんですか」

町奉行所を出たところで、お鈴は甚五郎に問いかけた。

「そんなことはしないさ。駒添十三郎は、今月末で旗本ではなくなる。ただの浪人者を訴えたところで仕方がない」

目付の方でも、取り上げないだろうと言い足した。

「ばあちゃんは、よく佐之助さんを呼び出してきてくれたねえ」

お鈴は礼を言った。あれがなかったら、駒添の思惑通りになっていたかもしれない。

「なあに、津田屋の主人が壺と掛け軸を見たのは二年近く前だって聞いていたから、その後でも見に行ったんじゃないかと思ってね、訊きに行ったのさ。そうしたら、佐之助さんが屋敷へ呼ばれたことを話してくれた。我楽多ばかりでも、そのときは銭にしたかったんだろうけどねえ」

豆次郎は、まただらしなく顔を濡《ぬ》らして泣いていた。ただその意味は、これまでとだいぶ違う。

「余計なお足を使わなくて済んでよかったじゃないか」

「うん。親方に迷惑をかけなくてよかった」

それが嬉しかったらしい。泣き笑いの顔になった。涙と鼻水にまみれて、その顔はやはり汚らしかった。

十一

半月が過ぎた。九月も数日が過ぎて、秋も深まってきた。庭の木々は紅葉を始め、柿の木の実は熟し始めた。

お鈴は熟れた実をいくつかもいで、お絹と食べた。

「なかなか甘いじゃないか」

食べ物には煩《うるさ》いお絹だが、庭の柿はうまいと言った。取り立てて手をかけるわけではないが、柿の木は毎年実をつけ熟した。悪餓鬼が盗みに来るが、お絹は見逃さない。

お鈴はいくつかをもいで、笊《ざる》に入れて豆次郎のところへ持って行った。甚五郎のところには、柿の木がない。

家を出たとき、誰かに見られているような気がした。それで周囲を見回したが、不審な様子は感じなかった。

そのまま甚五郎の家の木戸を押した。

「ああ、ありがとう」

豆次郎は、嬉しそうに受け取った。錠前職としての仕事を続けていた。

先月末に、また旗本の屋敷から錠前の依頼を受けた。甚五郎は豆次郎に、それをやれと告げたとか。

「おいらの腕は、駄目じゃあなかったんだね」

豆次郎は、素直に喜んでいる。「おいらなんて、生きていたって」とまで言った口が、自信に満ちていた。

「どうだい、調子は」

「いい感じだよ。たいがいなことでは破れないものだよ」

嬉しそうに言った。目に活気があった。

家に戻ったお鈴は、そのことをお絹に話した。

「馬鹿だねえ、調子に乗って。あいつは本当に薄っぺらいやつだよ」

「そうだね」

お鈴もそう思った。

「きっとじきに、怖いことがあるよ」

お絹は決めつけた。怖いことは、豆次郎が薄っぺらいのとは繋《つな》がらないと思った。

「どうしてそんなことを言うの」

「この数日、外の様子が何だか変だからさ」

「見張っている人がいて、襲って来るっていうわけだね」

「ないとはいえないだろ」

そう告げられて、思い当たる者がないわけではなかった。駒添十三郎のことだ。倉蔵の調べでは、先月末で十三郎は駒添家の当主ではなくなった。旗本株を手放すことで、これまでのすべての借金を返済したのである。

株を買ったのは、富裕な商家の次男坊だったとか。

「その後は、行方が知れないっていうよ」

そこまでは聞いていた。

「だから不気味なんじゃないか。居場所が分かっている方がよほどましだよ」

お絹は真顔になって言った。

「でも旗本株を手放すことになったのは、あたしたちが悪いわけじゃない。そうならいためにに、利用しようとしただけじゃないか。それも卑怯な真似をして」

お鈴は言い返した。一件は、片付いたと思っていた。

翌日、豆次郎は注文を受けた旗本家の錠前について、下調べのために土蔵の様子を見に行くと言った。屋敷は小石川《こいしかわ》だそうな。そこでお鈴はついて行くことにした。看板描きの仕事は、終わった後だった。

豆次郎の仕事ぶりを見てみたかった。

「気をつけなくちゃいけないよ」

出がけにお絹が言った。

昼下がりになって、空に雲がかかってきた。吹いてくる風が冷たく感じた。歩いていると、飛ばされてきた枯れ落ち葉が足元にまとわりついてきた。

武家地に入って、人気がなくなった。

「今度は、駒添のときよりも、もっとしっかりしたものを拵えるよ。ずっと考えていたんだ」

豆次郎は、錠前の工夫について話していた。

「そういうのが、できたらいいね」

と応じながら、お鈴は背後から聞こえてくる足音が気になっていた。何者かにつけられていると感じたからだ。

昨日お絹が口にしていた「不気味」という言葉を思い出した。お鈴は立ち止まって振り返った。

すると後ろから、深編笠《ふかあみがさ》の侍が歩いてくるのが見えた。体つきが、駒添に似ていると思ったら、歩けなくなった。

豆次郎も立ち止まって振り向いた。深編笠の侍に気がついたようだ。道には、他に人の気配はない。

「わあっ」

悲鳴に近い声を、豆次郎が上げた。侍が誰か、見当がついたらしかった。

深編笠の侍が、駆け寄って来た。三間ほどの距離になったところで立ち止まり、何も言わずに刀を抜いた。

「逃げな」

お鈴は豆次郎にそう言ってから、身構えた。こちらは寸鉄も帯びていない。

「駒添だね」

声をかけたが、返事はなかった。ただ侍の全身から迫ってくる殺気だけは、膚《はだ》で感じた。

「くたばれ」

一撃をふるってきた。首筋を狙った刀身が、迫ってくる。お鈴は体を斜めにして、それを躱した。腕を摑もうとしたが、動きが速くてできなかった。

侍は動きを止めず、二の太刀《たち》をふるってきた。

次はこちらの肘《ひじ》を狙っていた。これもどうにか避《よ》けた。ただ無理な姿勢だったからか、体がぐらついた。

相手はその隙を逃さない。心の臓に迫る一撃が飛んできた。

「ああ」

避けられない。そう覚悟を決めたとき、深編笠の侍の体が硬直した。

「ううっ」

呻き声を上げた。そして一呼吸するほどの間を置いてから、前のめりに倒れ込んだ。

背中に鉞が突き刺さっていた。

その向こうに目をやると、鬼のような顔をしたお絹が立っているのが見えた。

「ばあちゃん」

お鈴は声を上げて、お絹に駆け寄った。そのときになって、恐怖が体を駆け巡っていた。涙が溢れ出てくる。

「すぐに人を呼びな。放っておくと、命を失うよ」

抱きつこうとしたとき、お絹が言った。駒添のことだ。

お鈴はそれで我に返った。確かにそうだと思った。泣いている場合ではない。近くの武家屋敷へ走って、戸板を貸してほしいと頼んだ。

「どうした」

まだ前髪の侍が、問いかけてきた。お鈴は手短に事情を伝えた。若侍は、隣家にも声をかけて人を呼んだ。

倒れた駒添を、小石川養生所へ運んだのである。それには、豆次郎も手を貸した。すぐに手当が行われた。

それを待つ間、お鈴とお絹は話をした。

「あんたを見送ったところで、後を歩いて行く深編笠の侍が見えたからね」

万一のことを考えて、鉞を手にして追ってきたのだった。

「少しでも遅れたら、あんたの命はなかった」

「うん」

それはよく分かった。鉞を投げるしかなかった。

お鈴は、涙が出そうになるのを堪えた。

「駒添は借金が返せなくなって、旗本株を手放したんだ。逆恨みとはいえ、あんたや豆次郎に、何かをすると思っていたよ」

だから気になって、家の周りの様子に気を配っていたのである。

「あんたはまだまだ半人前だ。あんたには、追い詰められた者の恨みの気持ちが分からない」

御目見の家に生まれながらも、すべてを失った駒添を甘く見ていたということだ。

倉蔵を呼んで、お絹は事の次第を町奉行所へ伝えさせた。何も持たない小娘を相手に、刀を抜いたのである。すでに直参ではない。庇《かば》う者も現れなかった。

救うために鉞を投げたことは、罪にはならないだろうという見立てだった。

駒添に対する手当は、翌日にも行われた。小石川養生所の医師は、力を尽くしたのである。けれども意識が戻ることもないまま、駒添は息を引き取った。

遺体の行き場がない。

「あたしが、お弔いをしようじゃないか」

お絹が言った。駒添家の墓所には入れない。無縁仏を受け入れる寺を探して、そこへ納めることにした。そのための費えは、お絹が出した。

お鈴とお絹、豆次郎の三人は、僧侶の読経の後、線香をあげて合掌をした。秋の空に、線香の煙が吸い込まれていった。

第三話　内孫外孫

一

お糸《いと》と名乗る女が、お絹を訪ねて来た。お鈴には、初めて見る顔だった。歳は二十四、五あたりか。見た目から、どこかの中どころの商家の女房であることは間違いない。

「お鈴さんですね」

女はこちらの顔を見て言った。自分を知っているらしい。向けてくる目には、何か思いがあるように感じた。

「はい」

それで何かを言うかと思ったが、それはなかった。仕方なくお鈴は、お絹に取りついだ。

「すぐにお通し」

お絹は言った。名を聞いただけで、何者か分かった様子だった。どこか喜ぶ気配があったのは驚きだった。

お絹の口から、これまでお糸という名を聞いたことはなかった。

茶菓を出せと告げられたので、お鈴は運んだ。金を借りに来た客には、茶の一杯も出すことはなかった。

どのような用件なのか、気になったお鈴は隣室で耳を澄ませた。

「ご無沙汰をしています」

「無事に過ごしていたら、それでいいんだけどね」

お糸の声の響きは、明るいものではない。屈託を抱えている者の声だと、お鈴は感じた。

そしてお絹の反応は、金を借りに来た者に対するものとはまるで違った。特別な言葉はないが、これまでの対応だけでもお鈴には分かった。

よほどの間柄に違いない。

「それが、ちょっと」

話そうとしたお糸が、言葉を呑み込んだ。

「何だよ。はっきりとお言いよ」

「八右衛門《やえもん》の塩梅《あんばい》がよくなくて」

「医者には、かけたんだろ」

「はい。でも、あまりよくならなくて」

案じる声だ。ここへ来たのは、だいぶ思案をした上でのことだと察せられた。

「そうかい。あんたも、いろいろ苦労をしたんだろうね」

お絹の声には、いたわりとねぎらいがこもっている。お鈴は魂消《たまげ》た。そんな声掛けをされたことは、これまで一度もなかった。誰かにかけているのも、聞いたことがなかった。

「いえ、そんなこと」

「あの人は、ここのところ病がちだったからねえ。それで商いの方は」

「何とか」

お絹はお糸について、それなりの事情を知っているらしい。

お鈴がお絹に引き取られて、二人で暮らすようになってから十年が経《た》つ。お絹についてはだいぶ分かってきたが、まだまだ知らないことが少なからずあった。引き取られる前のことは、尋ねても喋らない。思いがけないことが、新たに起こる。

今回も、その一つだ。

「八太郎《やたろう》は、達者かい」

「それはもう」

「ならば何よりだ」

八太郎というのは、お糸の倅らしい。

「それできょうお邪魔をしたのは……」

「よく来てくれた」

お糸が言い淀《よど》んだところで、お絹が言った。

「困ったことが、あるんだね」

と続けた。声に、案ずる響きがあった。

「はい。何とかしたいと思ったのですが」

「分かった。金子はどれほどだい」

詳細は聞かず、貸す気になっている。

「二両を」

「年利三分としよう。利息は貰うよ」

お糸なる女が、金を借りに来たのならば、利息を取るのは当然だ。しかし三分というのは、お鈴には仰天の利息だった。お絹は高利貸しではないが、初めての者には年利二割五分まで取った。

「じゃあ、持ってお行き、二両だ」

金子を手渡す気配があった。

続いて借用証文に署名をさせる気配があり、それは当然のことだが、信じられないことがあった。

いつもならば、鋏を取り出す。刃先を見せながら覚悟を持って借りろと脅すところだが、それがなかった。

お鈴が知る限り、初めてのことだった。とんでもない出来事である。

「気を付けてお帰り。薬湯は、ちゃんと飲ませるんだよ」

「はい」

長話はしなかった。お糸はそれで引き上げて行った。お絹は、玄関先まで見送った。

お糸の姿が見えなくなったところで、お鈴は問いかけた。

「あの人は、いったい誰なの」

お絹にとって、金子は命だ。利息は取るにしても、金貸しとして貸したのではなかった。尋ねないではいられない。

「昔の知り合いだよ」

あっさりと答えて、部屋へ戻ってしまった。後ろ姿が、それ以上は尋ねるなと告げていた。話すつもりがないなら、何を言っても無駄だと分かっていた。

しかしそれで、気が済むお鈴ではなかった。

「何者だろう」

気になりだすと、収まりがつかなくなる。

しばらくして、お絹が出かけて行った。行き先は知らされないが、一刻から一刻半ほどの間出かけることは珍しくない。

お鈴はどうしようかと迷ったが、お絹の部屋へ入った。部屋の掃除をするのはお鈴だから、何がどこにあるかはよく分かっていた。分からないのは、稼いだ金子の置き場所くらいのものだ。一部は押し入れに入れられているが、すべてでないのは分かっている。

錠前のかかった金箱が、どこかにあるはずだった。

その場所だけは、教えられていなかった。

さぞかしあるのだろうと予想はつくが、それを探そうと思ったことはない。お絹が鉞を手に、命懸けで稼いだものだ。自分が手を出していいものではなかった。

ただお糸が残した借用証文のことは気になった。そこには住まいが記されているはずだった。住まいが分かれば、どのような人物なのか調べることができる。

床の間の鉞が置いてある横に、違い棚がある。そこに借用証文が入っているのは分かっていた。錠前が掛けられているが、鍵のある場所も分かっていた。

鍵を取り出し、錠前を開けた。引き出しを引くと、一番上にお糸の証文が置かれていた。書かれている文字に、目を走らせた。

『本所相生町《ほんじょあいおいちょう》二丁目遠州屋《えんしゅうや》糸』

と記されていた。

お鈴はすぐに引き出しをもとに戻し、錠前をかけた。鍵も元の場所へ同じように置いた。それだけでも、冷や汗をかいた。そういうことをしたのは、初めてだった。

お糸の住まいと屋号は、頭に染み込ませた。

二

翌日、お鈴は看板描きの仕事で、両国広小路《りょうごくひろこうじ》に近い米沢町《よねざわちょう》二丁目の蕎麦屋へ行った。もり蕎麦を、弁天様と腹の膨れた布袋《ほてい》様が啜る絵だ。

まずまずの出来で、二百文を受け取った。

それから仕事道具の合切袋を手にして、両国橋を東に渡った。本所相生町一丁目に向かう。そこは回向院《えこういん》と竪川《たてかわ》に挟まれた町だ。

微風で枝を離れた枯葉が、はらりと宙を舞って落ちてくる。朝夕は肌寒いと感じるようになったが、昼間は暑くも寒くもないから過ごしやすかった。

竪川の河岸道には、商家や倉庫が並んでいる。船着場もあって、俵物の荷下ろしをしていた。その脇を、材木を積んだ荷船が通り過ぎて行った。

店の看板を一つ一つ確かめてゆくと、遠州屋という屋号の太物屋《ふとものや》があるのに気がついた。間口三間ほどの店舗だ。大店とはいえないが、表通りの店であることは変わりない。

まず木戸番小屋の番人の老人に訊いて、町内には他に遠州屋という屋号の店がないことを確かめた。

「おかみさんは、お糸さんですね」

「そうですよ。働き者のおかみさんだね」

　五歳になる男児がいると付け足した。

「旦那さんは、病だそうで」

「うん。八右衛門さんは、胃の腑がよくないらしい。子どもが生まれて、一、二年した頃から寝込むようになった。初めの一、二年くらいは寝たり起きたりだったが、今は店に出ることはないね」

「では商いは」

「先代からの客がついているから、どうにかやっていられるが、厳しいかもしれないねえ」

　同情する口調だった。

「店や土地は、八右衛門さんのものなんでしょ」

「そう聞いているよ。借りていたら地代や家賃があるから、それこそ首が回らなくなるのではないかね」

　店には去年まで老年の番頭がいたが、今はいなくなった。小僧を一人使っているだけだという。

「あんた、遠州屋さんの知り合いかい」

「遠縁の者で、気になって」

「そうかい。役に立てることがあるんならば、立ってあげればいい」

番人の爺さんは、八右衛門やお糸には好意的だった。

金に困っているのは確かなようだ。しかしそれだけでは、お絹に繋がらない。何もなければ優しくは接しないし、あれほどの好条件で金を貸すわけもなかった。金だけの繋がりではないという話である。

それでお鈴は、一軒置いた先の古着屋へ行って、店番をしていた中年の女房に問いかけた。近所の者として、商い以外のことも知っていそうだと思った。

遠州屋の遠縁の者として、お糸には可愛がってもらった。近頃の様子が気になるのだと伝えたのである。

「あんた、蓬萊屋《ほうらいや》の人かい」

と尋ねられた。初めて耳にする屋号だが、お糸に縁《ゆかり》のある屋号なのは確かだと思った。

「まあ、そうですが」

根掘り葉掘り訊かれたら何も返せないが、とりあえずそう答えた。

「実家の方にしたら、気になるだろうねえ」

それで蓬萊屋というのが、お糸の生まれ育った家なのだと分かった。蓬萊屋について尋ねたいところだが、それはできない。

「はい。八右衛門さんも、長患いとなりますので」

分かっていることだけを話した。

「幼い子を抱えてのことだからねえ。たいへんだろうよ。八右衛門さんも病になる前は働き者で、店を大きくするんだと張り切っていたが」

「ええ、そうでしたね」

と応じた。頷いて見せる。

「八太郎を可愛がってねえ、楽しそうだったが。今は看病もあるからねえ」

「治る見込みはないのですか」

「お糸さんは、治したいといろいろやっているみたいだよ。薬も、いいものを飲ませているようだし」

話に聞く限り、夫婦仲はよさそうだ。

「お絹というお婆さんが、訪ねて来ることはありませんか。お糸さんとは親しいはずですが」

「さあ。聞かない名だねえ。縁者なのかい」

女房は、少し考える様子を見せてから口にした。

「そうじゃあないですけど。その人も、お糸さんのことは案じていて」

これは嘘ではないと思った。

「いい薬を飲ませているという話でしたが。どこの薬種屋から買い入れているのでしょうか」

この件も、はっきり聞いておきたかった。それなりに値が張るならば、この先お絹から借りた二両では足りなくなるかもしれない。

「神田三河町《みかわちょう》の相模屋《さがみや》だよ」

ずいぶん遠いが、お糸はよい薬を得ようと足を延ばしたということか。

相模屋へも行ってみたいが、その前に、もう少しこのあたりで訊いてみようと思った。

古着屋を出て、遠州屋の前に戻った。すると十五、六歳の小僧が、道に水を撒《ま》いていた。早速、声掛けをした。小銭を握らせる。

「あんた、お絹という人を知らないかい。客じゃあなくて、店に出入りしているはずなんだけど」

「そういう名は、どこかで聞いた気がしますが、お見えになることはないような」

「六十過ぎの歳だけど、昔は器量よしだった人だよ」

つんとして見るからに意地悪そうだが、今だって垢《あか》ぬけた婆さんだ。身に着けるものや髪飾りには気を遣っている。

「知らないですね」

あっさりとした返事になった。

「蓬莱屋というのは、おかみさんのご実家だね」

「そうです」

「店はどこにあるんだい」

「日本橋伊勢町《いせちょう》です」

小間物を商う店だそうな。伊勢町は日本橋川に架かる江戸橋の北で、伊勢町堀の西河岸にある町だ。江戸の中心といった場所で、そこの表通りに店を構えているのならば、それなりの商家といっていいだろう。

ともあれ、足を延ばしてみようと思った。今のままでは、まったくお絹の姿が見えてこない。

悪事を暴こうというのではなかった。お鈴が関わることではないと暗に伝えられているが、それだからこそ、知りたくてならないのだ。『銭ばばあ』と呼ばれるだけでなく、強欲な金貸しで、江戸最強の意地悪婆さんとも噂されている。そのお絹が、神や仏のような対応をした。

お鈴にとっては、それだけでも大事件だった。

相生町から離れて、両国橋を西へ渡った。足早に歩いて、伊勢町堀河岸へ出た。

竪川よりも川幅は狭いが、行き交う荷船の数は負けていなかった。河岸の道では、満載にした荷車や通り過ぎる人が、ぶつからないように注意している。

「ああ、あれか」

蓬莱屋は、すぐに分かった。小間物屋と聞いていたから、大きな店ではないと思っていた。けれども間口は五間もあって、大店といった風格だ。看板を見て、小売りではなく問屋だと知った。

見ていると、客らしい人の出入りが、ひっきりなしにあった。

お鈴は、通りかかった豆腐の振り売りをする中年の親仁に尋ねた。

「蓬莱屋さんは、ずいぶん繁盛しているようですね」

「そうだね。暖簾分けをした分家が、三つだか四つだかあると聞いたよ」

「すごいですねえ。それで蓬莱屋さんには、お糸さんという娘がいたと聞きましたが」

「さて、どうだったかねえ」

豆腐を売ったことはあるが、女中が相手なので娘の顔など知らないらしかった。

そこで隣の、海産物屋の手代に問いかけた。通りに出ていたので、声をかけやすかった。

「お糸さんねえ」

思い出すのに、やや手間がかかった。

「そういえばいたような。五、六年くらい前までの話ですよ。ああ、その人も隣の娘さんだったっけ」

さらに尋ねると、蓬莱屋では跡取りの他に男子が一人、娘がお糸の他に二人いると教えられた。跡取りは嫁を取り、子どもが二人いる。次男は同業の店へ婿に出て、娘二人も嫁に行ったとか。

「皆さん、大きなお店なんでしょうね」

「ええ。そう聞いています」

ついでに、お絹についても訊いた。

「お絹さんというお婆さんですか。そういう人が出入りしていたかどうかは知らないが」

都合のいい返答は聞けない。

手代と別れたお鈴は、重厚な蓬萊屋の建物に目をやった。そして今聞いた話の中で、少しばかり腑に落ちないことがあるのに気がついた。

まずは跡取り以外の子どもたちについてだ。それなりの大店や老舗に片付いているらしい。それは当然だが、それを思うとお糸の嫁ぎ先はやや意外な気がした。確かに遠州屋は表通りの店だが、格からいうとだいぶ下だ。

「でも好き合った仲ならば、仕方がないか」

とは思った。

そしてもう一つ、金子についてのことだ。これだけ大店の娘なら、困った折に、どのような間柄かは別にして、お絹に金を借りに来るだろうかということだった。

実家の親に、泣きつけばいいだけの話ではないかと思う。

「親に頼りたくない事情があるのか」

口に出して、お鈴は言ってみた。考えてみればお鈴の母お静《しず》は、お絹が気に入らない相手と一緒になって絶縁となった。

「お糸さんもそうか」

お鈴はあれこれ考えた。お糸が親に頼りたくない事情の中に、お絹が絡んでくるのかもしれない。そうなると、ますますどういう事情があるのか知りたくなった。

胸が躍ってくる。

三

お鈴は、伊勢町の町並みに目をやった。お糸が遠州屋へ嫁に行ったのは、隣の手代の話からして五、六年ほど前と思われる。その頃の内輪の事情を知っていそうなのは誰か考えた。

並んでいる商家の手代や小僧では分からない。

「ならば誰か」

店を一軒一軒覗いた。目についたのは、一膳飯屋だった。掛けられている暖簾の古さからして、何年も前からある店だと察せられた。荷運び人足たちや日雇い職人、振り売りなどが利用する店だ。

昼飯の刻限からはだいぶ過ぎている。食事をしている者はいたが、混んでいるわけではなかった。

敷居を跨いで、お鈴は給仕をしている初老の女房に問いかけた。お糸が、八右衛門と祝言を挙げた顛末についてである。

「あんた、お糸さんとは、どういう関わりだい」

逆に訊かれた。

「前に、お針を習っていたんです」

歳の差は七歳ぐらいだろうから、そういうことはあっていいと思って口にした。

「この町では、見かけない顔だけど」

「ええ、新乗物町《しんのりものちょう》から通っていました」

頭に浮かんだ町の名を告げた。堀江町《ほりえちょう》の向こうにある町だ。

「ふうん、どうしてそんなことを知りたいんだい」

「だって、好いて好かれた仲だって聞いたから」

笑って見せた。

「あんた、おかしな娘《こ》だねえ」

それで警戒を解いたらしい。話す気になったらしかった。

「はっきりしたことはあたしも知らないが、相手は取引先の小売りの若旦那だって聞いたがねえ」

「なるほど、それで知り合ったわけですね」

「若いもん同士だからねえ。どうしてそうなったかは知らないけど」

「親は反対をしなかったのですか」

どこへ嫁に出すか、商いのことも踏まえて考えるのが普通だ。

「していなかったね。取引先だったから、好きにさせたんだろうね」

「娘さんを、可愛がっていたんでしょうね」

何かわけがあったのならば、そうではないかもしれない。ただ聞き出すためには、そう言う方が都合がいいだろう。

「食べさせてあげていたんだから、それなりに可愛がっていたのだろうけど」

「…………」

思いがけない言い方だった。実の娘ならば、「食べさせてあげる」とは言わないだろう。

「あんた、知らなかったんだね。無理もないけど」

「どういうことでしょう」

「お糸さんは、蓬莱屋の子じゃあなかったんだよ」

どういうことか、すぐには整理がつかない。女房はお鈴が混乱していると察したらしく話してくれた。

「お糸さんは、暖簾分けした蓬莱屋の分家の子どもなんだよ」

それについては、古くからこの町にいる者は知っているのだとか。分家は四谷坂町《よつやさかまち》に店があった。

「じゃあお糸さんは、貰われたということですか」

「そうだよ」

「どうして、そういうことに」

真相に、少し近づいてきた気がした。ぜひにも聞いておかなくてはいけない。

「ええと、そうそう今から十二年前だね」

指を折って数えてから女房は言った。お鈴は、次の言葉を待った。

「蓬莱屋の分家に、押込みがあったんだよ。何十両かの金子を取られて、父親は殺されたんだ」

「まあ」

「それで、十二歳だったお糸さんは本家の蓬莱屋に引き取られたんだ。おとっつぁんは乙兵衛《おとべえ》さんといってね、本家の旦那には気に入られていたようだから」

「でもおっかさんがいたのでは」

「まあ、そうだねえ」

女房は首を傾げた。細かな事情は、知らないのかもしれない。離縁になったという噂は耳にしたとか。

「詳しいことが分かる人はいませんか」

「そうだねえ」

蓬萊屋の元番頭で徳助《とくすけ》という者を教えてくれた。浜町堀《はまちょうぼり》西岸の高砂町《たかさごちょう》で隠居暮らしをしているという。

お鈴は、高砂町へ向かった。途中で手土産にする饅頭《まんじゅう》を買った。

自身番で、徳助の住まいを聞いた。倅が大きな商家で番頭をしているとか。食うには困らない暮らしらしい。

「お糸さんですか」

懐かしそうに、徳助は言った。母親と離され、お糸だけが引き取られた事情を知りたいと伝えた。

「おっかさんがいたはずですが、どうしたのでしょう」

知らなければそれまでだが、徳助は頷いた。

「あの子の母親は、後添えでね、腹を痛めた母親ではなかった。だから本家が、引き取ったんですよ。義理とはいっても母親は育てると言ったらしいが、蓬莱屋にしたらそうはいかない」

「じゃあ、実のおっかさんは」

「あの子が五歳のときに、流行病《はやりやまい》で亡くなっています。乙兵衛さんは、その一年後に後添えを取ったのですよ。産んだおっかさんは、おまささんという人だった」

「後添えのおっかさんとは、相性が悪かったのでしょうか」

六歳の女の子だったわけだから、懐かなかったとしてもおかしくはない。

「いや、うまくいっていたと思いますよ。そうでなければ亭主が亡くなって、なさぬ仲の子を引き取るとは言わないでしょう」

その通りだと思える話だ。

そして、四谷坂町にあった蓬莱屋分家の店は閉じられた。

「でもあの子は本家の娘として、引き取られました。奉公人として引き取られたわけではありません」

それでも気は遣っただろう。お鈴は七歳で実の祖母に引き取られた。今になってみれば感謝の気持ちはあるが、お絹にはずいぶんと気を遣った。

蓬莱屋には、主人の実の子が四人いた。十二歳にもなっていたら、今日から兄弟だと言われても戸惑うばかりだろう。

さらにもう一つ、肝心なことを尋ねた。

「お糸さんには、お絹という祖母と言ってもいい歳の人が関わっていませんでしたか」

「いなかったねえ。私が知らないだけかもしれないが」

腕組みをして首を傾げたが、思い出せなかった。

尋ねたいことは、あらかた聞いた。お鈴は礼を言って、徳助の住まいを引き上げた。

あちこち歩いて、お糸のこれまでについては、だいぶ分かった。けれどもその中から、お絹の姿は浮かんでこなかった。

これで家へ帰ろうかと考えたが、もう一つ訊いておくべき場所があった。相模屋という薬種屋だ。お糸が八右衛門のために薬を買っている。八右衛門の容態については訊いておきたかった。

お鈴は神田三河町へ行った。お城のお堀が南側にあった。北西に行けば駿河台《するがだい》と呼ばれる武家地になる。堀に面したあたりを鎌倉河岸《かまくらがし》といって、相模屋はそこにあった。

木戸番の番人に訊くと、そこの主人は亀七《かめしち》という四十歳前後の者だそうな。店を覗くと、店の奥にある帳場格子の向こうで算盤を弾いている羽織姿の主人ふうがいた。通りにいた店の手代に確かめると、それが主人だとはっきりした。

「相模屋さんでは、胃の腑の病に効くいい薬があるそうですね」

さらに問いかけた。

「ええ。値は少々張りますが、舶来の妙薬です。百越丸《ひゃくえつがん》といいます。たくさんの方が、それでよくなっています」

「本所の遠州屋さんを知っていますか。おかみさんが、その薬を買っているはずですが」

「もちろんです。よく効くということで、お買い求めいただいています」

「お代は、たまっていませんか」

「はい。今日、これまでの分をいただきましたが」

お絹から借りた金子だろう。快方に向かうならば、何よりなのだが。

今のところ、尋ねることはなくなった。それでお鈴は家に向かうが、どうしても釈然としない。

どこかでお絹の名が出てきていいはずだが、見事に出てこない。

そのことについて誰かと話したかった。気楽に話せる相手ならば、豆次郎が最適だ。先月には、困っているところを助けてやった。それ以来、恩義を感じているらしい。

声をかけると、豆次郎はすぐに通りへ出てきた。お糸が金を借りに来たときからこれまでの顛末を話した。

「へえ。鉄ばばあ、いやお絹さんが、そんな貸し方をしたんだ。槍《やり》でも降ってきそうだねえ」

「だからお糸っていう人のことを、知りたいんだよ」

「そうかもしれないけど、でもさあ」

へらっと笑った。

「何だよ」

「お絹さんがすることには、文句は言えないじゃないか」

もちろんその通りなのだ。でも納得がいかない。

四

二日後、晴天の秋空が続いている。小鴨《こがも》が数羽、飛び去ってゆくのが見えた。この日お鈴が看板描きに行った先は、神田三河町の油屋で、薬種屋相模屋と同じ町だった。描いたのは、仙人が甕《かめ》から柄杓《ひしゃく》で糸を引く油をすくい上げた場面だった。油の糸が切れないので、おたまじゃくしが笑っている。

迷っていては筆の動きが鈍るので、思い切ってやる。まずまずの出来だった。

二百文を受け取って、引き上げようとしたとき、鎌倉河岸の一角から騒ぎ声が聞こえた。目をやると、相模屋の店先だった。

老若の客らしい五人が集まっている。皆、険しい表情で何か言っている。その周りには、面白がって見ている通りがかりの野次馬が数人いた。

　お糸が舶来の高価な薬を買っている店だ。よく効くと、手代が自慢していた。その手代を囲んで、興奮した口調で何か言っているのだった。お鈴は近くまで行って、その声に耳を傾けた。

「高いばかりで、薬は効かない」

「効かないどころか、うちではかえって酷くなった」

「代金を返せ」

　皆、真剣な表情だ。腹を立てている。

「お待ちください。大きな声で、人聞きの悪いことをおっしゃらないでください」

　先日の手代が、蒼ざめた顔で応じている。

「うるさい。本当のことを言っているんだ」

「いえ、うちの薬に限って、そのようなことはありません」

「しかし効かないものは効かない。飲み続けていて、亡くなった人もいるぞ」

　これは聞いた話らしい。

「待ってくださいませ。薬を飲んでも、効かないこともあります。効く効かないは、人によって、症状によっていろいろですから。よくなったとおっしゃる方は、多数おいでです」

手代の方も、必死に返している。

お鈴は、周りで見ている隠居ふうの老人に問いかけた。

「いったい、どの薬なのでしょうか」

「艀来の胃の腑の病に効く薬だそうだが」

「百越丸ですか」

「そうそう、そういう名を言っていたね」

どきりとした。効かない薬だという話だ。

そこへばらばらと足音がした。屈強そうな三人の男が現れた。地回りの子分といった外見だ。

「根も葉もねえことをぬかして、騒ぐんじゃねえ」

苦情を言っていた五人の者たちの一人を突き飛ばした。そして他の二人は、声を上げていた者たちを睨みつけた。

苦情を告げていた者たちは、それで怯んだように一歩後ろへ身を引いた。

「病なんて、具合が悪くなるときにはなるもんだ。相模屋さんの薬のせいだと、どうして言い切れるんだ」

男は続けて、凄味を利かせた声で言っていた。それまで怒りのままに苦情を口にしていた者たちは、何も言えなくなっている。

「失《う》せろ」

とやられて、渋々という形で五人の者たちは引き下がった。とはいえ、納得はしていない。

すると現れた三人の男たちも引き上げた。相模屋の誰かが騒ぐ者を追い払うために呼んだのだとお鈴は考えた。

お鈴は、追い払われたうちの一人、初老の女房ふうを追いかけて声をかけた。一つ置いた町の乾物屋の女房だった。

「百越丸のことで、お話を伺えますか」

「相模屋は酷いよ。あんな破落戸みたいなのを使って追い払うなんて」

女房は、怒りが収まっていない様子だった。

「まったくですね。ちゃんと話を聞けばいいのに」

お鈴にしても、いけないやり方だと思った。

「それで百越丸は、長く使っていたのですか」

「ああ、うちの亭主が胃の腑を痛めてね、三月《みつき》くらい使ったんだよ」

「効き目がなかったわけですね」

「そうじゃあない。初めは確かに効いたんだよ。でもだんだん効き目が薄れたというか。それであの手代に話したら、飲み続けることが大事だって言われて」

「でも、効かなかったわけですね」

「いや、全然じゃあなかった。痛みが薄れることはあった。でもね、治っているという感じはなくて、おかしいと思った」

そこで女房は、同じように百越丸を買った者に薬が効いているかどうか問いかけをした。初めは効いたが、すぐに効かなくなった。ただ飲むことでたまには痛みが薄れることもあるというので飲み続けているとの返事だった。

「同じですね」

「そうだよ。他にも、そう言う人がいた」

だから五人が集まって、相模屋へやって来た。一人では、言いくるめられてしまう。

「値段は高いと聞きましたが」

「ああ、一包二粒で七十文だよ。一粒ずつ、毎日飲ませてる」

なるほど。薬は高麗人参《こうらいにんじん》など高価なものを買えば切りがない。しかし効き目があるなしは別にして一包十六文あたりからあった。振り売りならば、怪しげな丸薬を四文で売る者もいた。

一包二粒で七十文は、庶民にとっては高いといえた。

毎日一粒ずつ飲めば、おおよそ四か月で一両ほどの薬代となる。長患いとなれば、金額はかさむ。

「効くと思うから、無理をしても飲ませたんだけどね」

親族の思いとしては当然だ。そこに付け込んで、効きもしない薬を売りつけているならば、相模屋は阿漕な商いをしていることになる。

「許せないね」

破落戸のような者を使って追い払ったのも気に入らない。

「でもねえ、効いたっていう人もいるからねえ」

とことん強く出られなかったのは、そういうこともあるからだと付け足した。

女房と別れたお鈴は、三河町内で相模屋の評判を訊くことにした。まず問いかけたのは、横道にある青物屋の女房だ。

「あそこの薬は、おおむね高い。だからうちではよほど重いときでなければ、買いに行かない。たいがいは振り売りのとんぷくや、灸《きゅう》を据えて済ませるね」

「相模屋の薬を飲んだときは、効いたのですか」

「あのときは、よく効いたねえ」

他にも尋ねて、効いたと言う者もあれば、効かなかったと告げる者もいた。これだけでは、相模屋を阿漕と決めつけるわけにはいかない。

お糸も借金をしても買い続けているのだから、効くと信じているのは確かだ。

五

それからお鈴は、お糸について考えた。五歳のときに母親を病で亡くし、十二歳で父親を賊に襲われて失った。

後添えに可愛がられたとしても、結局は本家に引き取られた。

普通の娘の暮らし方とはだいぶ異なる。自分以上だと、お鈴は思った。ただそこでの暮らしぶりが、幸いだったかそうでなかったかは分からない。自分も両親を早くに亡くしたが、お絹に引き取られて不幸だとは感じていなかった。

母親は病だったというから仕方がないが、賊に父親が殺されたのは、十二歳の娘にしてみれば衝撃だったと察せられる。せめて殺害の場面を見ていなければいいがと願うばかりだ。

その押込みの模様はどうだったのか。知りたいと考えた。まさかそこからお絹の気配が出てくるとは思えないが、せっかくなので聞き込んでみることにした。

とはいえ蓬莱屋分家は四谷坂町にあった。お城の西側だからちと遠いが、それは仕方がない。足を向けた。

四谷坂町は四谷御門に近く、武家地に囲まれている。名の通り坂のある町だ。繁華ではないが、直参を相手にした商家はそれなりに並んでいた。

「そういえばあったねえ、二人組の賊が押し入って小間物屋の主人を刺し殺した」

自身番の中年の書役《かきやく》に尋ねると、そういう答えが返ってきた。

「お金を奪われたわけですね」

「そうだよ。三十両くらい、盗《と》られた。主人の乙兵衛さんは、盗られちゃならないと歯向かって刺されたと聞くがね」

「娘のお糸さんは、その様子を見ていたのでしょうか」

「子どもは、賊に押し込まれたと気づいたときに押し入れに隠した。だから見てはいないだろうがね」

それを聞いて、お鈴はほんの少しだけほっとした。とはいえ、やり取りの気配は感じていただろう。

「三十両も奪われたというのは、凄いですね」

「仕入れの金子だと聞いたけれども、店はそれなりに流行《はや》っていたらしい。お武家のお客がやって来たからねえ」

「ならばお糸さんは、満たされた暮らしをしていたわけですね」

「そうだろうねえ。祭礼などには、三人で出かけて行っていた」

下に、弟や妹はいなかった。

「お糸さんは、本家に引き取られたそうですね」

「そうだった。実の母でないにしても、懐いていたから、一緒に暮らしたかっただろうね」

「それが叶《かな》わなかったのは、どうしてですか」

「蓬萊屋の旦那さんが、子をなさぬまま寡婦になった後添えを不憫《ふびん》に思ったのではないかねえ」

「縛ってはいけないと考えたわけですね」

「だろうね」

お鈴にも、その気持ちは分かった。

「ところで襲った二人の賊たちは、どうなったのでしょうか」

「半月ほどしてから、捕らえられたよ。神田のどこかの町に潜んでいたのを、定町廻りの旦那と、その手先が捕まえた。話を聞いたときには、せめてものことと思ったけどねえ」

「まったくですね」

そのまま金を摑んで高跳びされ、贅沢をされたのでは亡くなった者は浮かばれない。

「捕らえた同心は、よくやってくれましたね」

「手先もよく動いたらしくて。あの同心は、確か、須黒様とかいったっけ」

「ええっ、ならば手先は倉蔵ですか」

驚いた。お絹ではない名が飛び出した。

「そうだよ。手先とはいっても、四十代半ばを過ぎた歳だったと思うがねえ」

賊が神田界隈に潜んでいたのならば、須黒と倉蔵が組んで捕らえたとしてもおかしくはない。捕らえられた二人は、死罪になったとか。奪われた金子はいくらか使われていたが、だいぶ戻った。

倉蔵はそういうことを、一切話さなかった。口数は少ない方だった。

「それに絡めて、お絹という名を耳にはしませんでしたか」

肝心なことだから訊いたが、書役は首を横に振っただけだった。

どうせだから、その折のことを倉蔵に尋ねてみようと思った。神田小泉町へ行って、うさぎ屋の敷居を跨いだ。

倉蔵とおトヨの夫婦は、田楽として焼く豆腐や椎茸《しいたけ》、里芋や蒟蒻といったものを、串に刺しているところだった。一回り以上も歳の違う夫婦で子どももないが、いつ見ても鴛鴦《おしどり》だった。

店を開けるには、まだだいぶ間がある。近頃は、田楽を肴《さかな》に熱燗《あつかん》を飲む者が多くなったと話していた。

お鈴は二人に、お絹のもとへお糸という者が金を借りに来た話をした。そのお絹の対応についても触れた。

「どうも腑に落ちなくてね」

貸し方が変だと伝えたのだ。気持ちが悪いくらいだ。

「確かに、おかしいねえ」

おトヨが返した。しかし驚いている気配はなかった。二人とも、動かしている手は止めない。

「どうしてだか、分かるかい」

「さあ、なぜだかな」

倉蔵は、関心がない様子だった。

そこでお鈴は、お糸についていろいろ調べて、四谷坂町へ行ったところまでを話した。自身番で話を聞いたことも伝えた。

「その賊は、須黒様とじいちゃんが捕らえたっていうじゃないか。びっくりしたよ」

これでようやく、倉蔵は動かしていた手を止めた。

「このあたりに変なのが潜んでいるという知らせが、あったからな。旦那と行ったら、そいつらだった」

人を殺した盗賊だとは、後で分かったのだとか。

「じゃあ、お糸さんのことは知っていたの」

「殺された乙兵衛に娘がいて、蓬萊屋へ引き取られたことは知っていたよ」

「ふーん。でもどうして、その人がばあちゃんと知り合いになったんだろ」

これについては、納得がいかない。

「じいちゃんが、引き合わせたのかい」

「そういうことは、していないぜ」

ならばどうしてなのか、お鈴にはやはり腑に落ちない。おトヨは知らない話なのか、何も口出しはしなかった。

「田楽を食べていくか」

と言われて、豆腐と蒟蒻を一串ずつご馳走《ちそう》になった。熱々だから、少し焦げた味噌の味が格別だった。

「ずいぶん遅かったね」

家に帰ると、お絹に言われた。

「うん、ちょっと」

どうせ倉蔵かおトヨが知らせるだろうと思った。何か言ってきたら、逆に訊いてやろうという腹だった。

六

お絹がお糸と知り合ったのは、十二年前に賊が蓬莱屋分家に押し入った後だと見当をつけた。何があって、今のような関係になったのか、それがまったく見えなかった。

お鈴が何よりも知りたいのはそこだ。

夕刻になる前に、豆次郎のところへ行った。

「何だ、そんなことまだ気にしているのかい」

話し始めると、すぐにそう言われた。

「いいじゃないか。気になっているんだから、最後までお聞き」

と告げると、頷いた。賊を捕らえたのが須黒と倉蔵だったというところまで話した。

「よくそこまで調べたねえ」

豆次郎は、感心したように言った。お鈴にしたら、そこを感心されても仕方がない。

「やっぱりおかしいだろ」

お絹がお糸に取った態度について伝えたつもりだった。

「そりゃあお絹さんらしくないけど」

ここで豆次郎は言葉を呑んだ。鼻の頭を、手で擦《こす》った。言いたいことがあっても、それを呑み込んだときの仕草だ。

「何さ、言ってごらんよ」

聞いておきたかった。豆次郎は小心者の意気地なしだが、それなりにお鈴とは異なる見方や考え方をすることがあった。聞いておくのは悪くない。

「だってさあ。お絹さんにだって、人に知られたくないことがあるんじゃないかねえ」

「分かったような、生意気なことを言うねえ」

そうお鈴は返したが、そうかもしれないという気はした。けれどもそれで、知りたい気持ちが収まったわけではなかった。


翌日は、看板描きの仕事がなかった。掃除を済ませ、洗濯物を干し終えると他にすることがなくなった。

お絹には筆と墨を買いに行くと伝えて、お鈴は家を出た。

豆次郎から、お絹にだって人に知られたくないことがあると告げられてはっとした。そうかもしれないと思った。ただお鈴にしてみれば、じっとしてはいられない。身近に知らない世界がある。はっきりさせたい気持ちは抑えがたかった。

はっきりすれば、それでいい。それで何かをしたり言ったりするつもりはなかった。お絹の暮らしの中であったことだから、そしてお絹が決めたのならば、自分が口出しをすることはできないと思う。

何があっても、知らない顔で過ごす覚悟はつけた。

今日も本所相生町に足を向ける。お糸に当たれば話は早いのだろうが、それをすれば、お鈴が探っていることがお絹に伝わる。お絹の嫌がることをしていると受け取られるのは、避けたいところだ。

まず確かめたいのは、八右衛門の容態だ。昨日、百越丸を売った相模屋の前には、効き目に不満を持った客がやって来て苦情を述べていた。

効いた者もいるという話があったから、贋薬《にせぐすり》だとは決めつけられない。納得して買っているならば、高値でもとやかく言う筋合いはなかった。ただ効かない薬ならば、お節介だが、そのことを伝えたいという気持ちが芽生えていた。

お糸とお絹の関わりについてはまだはっきりしないが、お絹にとって大事な存在ならば、自分は役に立ちたいとお鈴は考えるのだ。

遠州屋は店を開けている。そっと中を覗くと、お糸が客の応対をしていた。お鈴は店の裏手へ回った。近所の女房がいたら話しかけるつもりだった。

裏通りには共同の井戸があって、そこで五歳くらいの男児が、いくつかの桶《おけ》や盥《たらい》を重ねる遊びをしていた。他に人はいない。洗濯物が干してあるばかりだ。

男児は、桶や盥を高く積み上げたいらしいが、なかなかうまくいかない。下に小さいものを置くと、すぐに崩れてしまう。また横向きに置くと、その上には重ねられない。けれども男児は、めげることもなく積み上げるのを繰り返していた。

「坊、大きいのを下にして積んでいったらいいよ」

お鈴は声をかけた。

「大きいのから置くの」

「そうだよ。そうしたら崩れない」

男児は人見知りをしなかった。お鈴は、逆さにした洗濯用の盥を土台にして、次の大きさの桶を載せてやった。すると男児は、次の大きさの桶を出して寄こした。ちゃんと選べていた。それを載せると次の桶を寄こした。

「こっちの桶とどちらが大きいかい」

「ああ、こっちだね」

似たような大きさでも、よく見ると違う。すぐに桶を取り直してお鈴に寄こした。六つあった桶を、すべて積み上げることができた。

「やったやった」

「よかったね」

男児は喜びの声を上げて飛び跳ねた。

「坊の名は何ていうの」

「八太郎だよ」

やっぱりと思った。初めて見たときから、お糸の面影があると思っていた。

「おとっつぁんの具合は、どうだい」

お鈴は問いかけた。

「ねている」

「よくないのかい」

「くすりをのんでいるけど」

沈んだ顔つきになった。

「ごめん、ごめん。変なことを、訊いてしまって」

謝った。

「もう一回、桶を積み直してごらん」

お鈴は一度積んだものを崩して、八太郎にやり直しをさせた。

「ううんと」

二度、自分で手直しをして、積み上げることができた。

「坊は、賢いねえ」

と言って頭を撫でてやった。幼い顔に笑みが戻った。

八太郎の様子から、八右衛門は百越丸を飲んでいても、あまりよくなっている気配を感じなかった。お鈴は子どもと別れて、表通りに出た。

そこで思いつくことがあった。百越丸がどんな薬なのか、確かめてみようと考えたのである。ただ自分では分からない。

「ともかく、薬を手に入れなくちゃ」

お鈴は両国橋を西へ渡って、神田三河町へ出た。今日も相模屋には客の出入りがあったが、苦情を告げる者の姿はなかった。

「百越丸を一包くださいな」

二粒入りで七十文だ。やはり高い買い物だ。

「よく効きますよ。それだけでいいのですか。長く飲めば、もっと効きますよ」

先日とは違う手代が、そう言った。

「試しだから」

お鈴は受け取った薬を、帯に挟んだ。そして向かったのは、松枝町の医者松下儒案《まつしたじゆあん》の家だった。治療代は高いが、お鈴が風邪を拗らせたときには、お絹がかからせてくれた。

「あいつは、腕だけは確かだからね」

同じ町内だから、道で会えば挨拶をする。お絹とならば、立ち話くらいはしていた。

「何だ、病ではないのか」

顔を合わせると、儒案が不満そうな顔をした。ならば何の用だと、目が言っていた。

慈姑頭《くわいあたま》の儒案は、歳の頃は四十代半ばくらいだ。

「三河町の相模屋が扱う百越丸が、売れています。舶来の妙薬だという触れ込みで、だいぶお高いのですが」

「そうらしいねえ」

百越丸を知っているらしかった。

「今買ってきたのですけど、本当にいい薬かどうか、確かめていただけるでしょうか」

「ほう」

目の輝きが変わった。関心を持ったらしかった。

「どれ、見せてごらん」

言われたお鈴は、買ってきた一包を儒案に手渡した。

「どれどれ」

受け取って紙を開き、まず外見を見詰めた。それから、丸薬の一粒を指で潰した。これも丁寧に見た。そして砕けた一部を、小指の先につけて口に含んだ。

「ううーん」

すぐには何も言わず、もう一度小指の先に粉になった薬をつけて舐めた。お鈴はその様子を、固唾《かたず》を呑んで見詰めている。

儒案が口を開いた。

「お鈴さんは、これをいくらで買ったのかね」

「一包二粒で、七十文でした」

「なるほど、それは無茶苦茶な値だ」

儒案はため息を吐いた。そして続けた。

「この薬に使われているのは天台烏薬《てんだいうやく》というものでな、八代将軍の吉宗《よしむね》様が清《しん》から輸入して、栽培させた薬木の一つだ。だから海を渡って我が国に入った薬といえば間違いない」

「嘘はついていないわけですね」

「そうではあるが、微量だ。確かめるのに手間がかかった」

「でも使われているならば、少しは効くわけですね」

「まあそうには違いないが。天台烏薬自体は、鎮痛、特に下腹部の張った痛みに効果があり、腹鳴や泥状便の症状に適している」

「効く人もいるというのは、そういう効能があるからですね」

「それはそうだが、一言に腹痛といっても、それぞれの容態は異なる。飲ませたい御仁の体に合うかどうかは別だ」

「ではこれを飲ませ続けることは」

「うむ。相模屋の懐を、肥やすだけだろう。患者の弱みに付け込んだ阿漕な商売だな」

腹立たしげな顔で儒案は決めつけた。

七

捨て置けない事態だと、お鈴は判断した。ならばどうするかという話だ。お糸に直に告げてもいいが、それでは面倒なことになるだろう。なぜお鈴が出てくるのかという話になると考えた。

そこで家に帰ったお鈴は、お絹に話しておくことにした。初めはお糸のことには触れない。ただ評判の相模屋が売る百越丸について、不審に感じたので松下儒案に確かめてもらったとすることにした。

もし責められたら、すべてを話す。お絹を相手に、ごまかし続けることはできないと思っていた。

お絹は何も言わず、お鈴がした百越丸にまつわる話を聞いた。なぜそんな話をするのか、ということには触れなかった。

「じゃあ、払ったお足が無駄だったわけだね」

と返してきた。顔は無表情に見えるが、こういうときはかえって怖い。

「儒案先生は、そう言ってた」

「天台烏薬を、少しだけ混ぜているところが、卑怯じゃないか」

「うん。買って飲んでいる人は、もっといるよ」

「贋薬を、どこで拵えているか探ってごらん」

これは、お絹から命じられた形になる。薬師《くすし》を捜せという指図だ。

普段ならば、聞き流して終わりだ。たとえ阿漕な商人がいて、それによって苦しめられる者がいても、しょせんは他人事としか受け取らない。

「世の中にはそんなこと、いくらでもある。いちいちそれにかまっていたら、体がいくつあったって足りないよ。そのためにかかるお足だって、湧いて出てくるわけじゃあないからね」

ずいぶん前に、そういうことを言われたことがあった。確かに、いろいろなことが起こっている。

だからそれを探れというのは、お絹にとって常のことではない。お糸が借金までして薬を買っているからに他ならなかった。

騙《だま》されたお糸を救おうという腹があるからだ。

「なぜそこまでこだわるのか」

やはりそこが不思議だった。お糸は、まるで孫娘のようではないか。

「あたしだって孫だけど」

と胸の内で呟く。まるで異なる扱いだ。とはいえお絹の子どもは、お鈴の母親お静だけだ。他に孫など、いるわけがない。

そして百越丸について話をしたことについて、わけを尋ねてくることもなかった。お絹が、何も感じないわけがない。それもおかしかった。

お鈴にしたら、百越丸のことなどよりもそちらのわけが知りたいところだ。気持ちがもやもやする。誰かに話してみたいが、豆次郎に話したところで気持ちが収まるとは思えなかった。

頓珍漢《とんちんかん》な言葉を返されて、腹が立つだけだろう。

ならば自分には、話す相手がいないのかと町内の幼馴染の顔を思い浮かべた。いないわけではない。けれども話すならば、歳上で自分のことを受け入れてくれる人がいいと感じた。

となると、一人しかいない。大叔母に当たるおトヨだ。

昨日、倉蔵とお糸や蓬萊屋分家が襲われた話などをしたが、おトヨは傍《そば》にいてその話を聞いていた。何も言わなかったが、話し相手になってもらえるのではないか。

うさぎ屋へ足を向けた。

「おや、お鈴ちゃん」

おトヨは店にいて、土間の縁台を雑巾で拭いていた。倉蔵は、町の者に呼ばれて出て行ったとか。岡っ引きは、町の者の小さな悶着《もんちゃく》にも呼ばれることがある。

縁台に、並んで腰かけて話をした。

「今日ね、お糸さんが買った高い薬のことを調べたの」

お鈴は百越丸の一包を買って、松下儒案に中身を調べてもらった話をした。その結果についても伝えた。

「それは酷いねえ。ふざけた話じゃないか」

おトヨが腹を立てるという場面は、めったにない。お鈴は驚いた。とはいえ、おトヨはすぐに、気持ちを抑えたらしかった。相模屋について、さらに何かを言ったわけではなかった。

「うん。だからばあちゃんにも話したの」

「そうしたら、何て言ったの」

「贋薬がどこで拵えられているか、探ってみろって。いつもならば、放っておけって言うのに」

「気になったのね」

「そう。放っておけないのは、お糸さんが買っているからだと思う」

お鈴は口にしてから、その言い方に自分の中にある不満が出たような気がした。不満というよりも、妬《ねた》みかもしれないと感じた。

「そうね。お絹さんは、お糸さんに取り立てての気持ちがあるからね」

優しい言い方だと思った。「取り立てての気持ち」の意味を、分かっている。

「どうしてなんだろ」

お糸の身の回りから、お絹の名は出てこなかった。松枝町の家にも、訪ねて来なかった。

「そりゃあ、蓬萊屋の本家へ訪ねるわけにはいかないから。だからずっと、外で会っていた。私もだけど」

「三人で会ったの」

「そう」

話がよく分からない。でも、驚きはあった。思いがけない成り行きだ。

「ごめんね、話さなくて」

おトヨは頭を下げた。やっぱり、自分が知らないことがあったのだとお鈴は感じた。

次の言葉を待った。

「お糸さんには、産んだおっかさんと育てたおっかさんがいることは知っているでしょ」

「うん」

生母は五歳のときに亡くなり、継母が来た。父乙兵衛が殺され、蓬萊屋の本家に迎えられたとき、継母とは別れたと聞いていた。継母には、懐いていたという話だった。

「その別れたおっかさんというのが、私なんだよ」

「………」

仰天した。すぐには声が出てこない。

「話が長くなるけど、いい」

「もちろんだよ」

ぜひ聞きたかった。

「私は十八歳のときに、中どころの呉服屋へ嫁いだのだけど、子もできず、姑《しゅうとめ》ともうまくいかなくて、二年で出されたの。それで京橋山城町《やましろちょう》の摂津屋《せっつや》へ、住み込みの仲働きの女中として奉公したの」

摂津屋というのは、お絹の旦那だった者の店だ。今は亡くなっているが、お絹はそこの先代主人の囲われ者だった。

「三年奉公したところで、お絹さんが口利きをして、私は乙兵衛さんの後添えとして蓬莱屋の分家に入ったの。お絹さんは、私が摂津屋で歳を取ったらかわいそうと考えたのかもしれない」

「そこに、お糸さんがいたわけだね」

「最初は懐かなかったけど、私は可愛がった。自分には、もう子どもはできないと思っていたから」

「………」

「すぐにはうまくいかなかったけど、半年くらいして、気持ちを許してくれた。そしてお絹さんが松枝町に家を持ってからは、お絹さんのところへも、二人でよく遊びに行ったの。孫みたいに可愛がってくれた」

そうか、やはりお糸はお絹と無縁の者ではなかったと、得心がいった。

「乙兵衛さんが亡くなって、店が畳まれると、私はいるところがなくなった。たまにお糸さんと会うことはできたけど」

「その頃、じいちゃんと知り合ったんだね」

放浪をしていた倉蔵は、須黒の手先になって足を洗った。お絹が世話をして、隣の小泉町に田楽屋のうさぎ屋を持ったのである。そこら辺の事情は、お鈴も知っていた。

「行き場所をなくした私を、お絹さんはうさぎ屋で働けるようにしてくれたの。女手があった方がいいだろうって」

「それで、じいちゃんと所帯を持ったわけだね」

「店のために精いっぱいやっていたら、そんなことになってね。お鈴ちゃんが、お絹さんのところへ来たのは、祝言を挙げて一年くらいしてからだったねえ」

「なるほどねえ」

出来事としては分かった。でもどうして、お絹はそのことを話してくれなかったのか。

お鈴にしてみれば、気に入らなかった。
「話さなかったのはあたしが半人前だからか」
とお鈴は拗《す》ねた。お絹は二言目には、そう口にしている。
けれどもそれは、まだ許せる。自分がまだ半人前なのは、よく分かっていた。何より
も不満なのは、それではなかった。
「あたしには厳しいのに、なぜお糸さんには甘いの」
ということだった。認めたくないが、嫉妬もあった。
ただそれを、おトヨには訊けない。おトヨとお糸は、本人の口からも、他で聞いた話
からもうまくいっていた。
「ありがとう。話をしてくれて」
おトヨには感謝した。話してもらえたのは、嬉しかった。おトヨも倉蔵と所帯を持っ
て今の暮らしとなるまでには、いろいろなことがあったのだと分かった。
最初に嫁入った呉服屋のことは残念だが、乙兵衛の後添えになって、なさぬ仲の子の
お糸を可愛がった。しかし乙兵衛が殺されたことで、やっと得た平穏な暮らしが切り裂
かれた。その後を支えたのはお絹で、倉蔵と出会ってうさぎ屋を盛り立ててきた。
その果てにある、今の穏やかな暮らしだ。
そしてお糸とは、端《はた》から見れば他人という形になったが、親子として関わっている。

お絹はお糸の祖母といった役割だった。

お鈴が苦情を挟む隙間は、まったくないと感じた。

「じゃあ」

おトヨに声をかけて、お鈴はうさぎ屋を出た。

八

通りには、いつもと変わらない景色がある。集めた落ち葉で、焚火《たきび》をしている若い女房の姿があった。幼い子どもが、何か声を上げていた。

お鈴は歩きながら、今回の出来事について考えた。胸の奥に、すっきりしないものがある。

お鈴が知らないところで、お絹とおトヨの二人がお糸との間に交流を持っていた。それはいけない話ではない。三人だけのことにしたいなら、それはそれでいいのだ。

ただため息が出た。

お鈴が何よりも引っかかるのは、自分の胸の奥に芽生えている気持ちについてだった。

自分はお絹とおトヨ、お糸の関わりに嫉妬をしている。お絹がお鈴には厳しく、お糸には甘いという点についてだ。お絹ならば、何があっても不思議ではないが、うまく収まりがつけられない。

とはいえそれは、お絹を勝手だと断じて責めるというのとはだいぶ違う。こだわりがあるのは、胸の奥に芽生えた妬みという気持ちについてだった。

自分は早く一人前になって、お絹のもとから出たいと考えていた。だからこそ、看板描きとしての腕を磨いてきたのである。

強引で傲慢《ごうまん》、恩着せがましいお絹から離れたい。銭金に対する執着が強いのも嫌だった。それが自分の本音だと思っていたが、お糸に対する妬みの気持ちは、それに反するものではないかと思うのだった。

「何だかすぐには、家に帰りたくない」

お糸は遠回りして、お絹のいる家に帰ることにした。

翌日、お鈴は神田雉子町《きじちょう》の青物屋へ看板を描きに行った。目鼻と手足のある茄子と南瓜《かぼちゃ》、大根が踊る絵を描いた。納得のゆく仕上がりだった。

手間賃を受け取ったお鈴は、相模屋がある三河町へ足を向けた。お絹から、百越丸を拵えた薬師について、捜せと告げられていた。

昨日はいろいろと考えた。自分には厳しいがお糸には甘いという点については、収まりがついていなかった。

そんなことでくよくよしている自分は、本当に半人前だと思った。

お鈴は昨日、おトヨのところへ行った。お絹はそのことを耳にしているかと考えたが、何かを言われることはなかった。

ともあれ百越丸を拵えている薬師を、捜そうと考えた。とはいえ、相模屋で訊くわけにはいかない。

ただ小僧ならば、用を言いつけられて、薬師のもとを訪ねることは少なからずあると考えた。そこで店から出てきたところを捉《つか》まえて、小銭を与えて問いかけた。

「薬師のところへ、用を言いつけられることはありますが、それについては、知らない人には話すなと言われています」

渡した銭を、返して寄こした。返すのが惜しそうな気配はあった。店としては、当り前のことだろう。

「いいよ。返さなくたって」

笑顔でもう一度渡した。そして頭に浮かんだ、他の問いかけをした。

「今は出入りしていないけど、前に出入りしていた薬師はいないかい。これならば、教えられるだろ」

優しく言った。

「それならば、上野《うえの》南大門町《みなみだいもんちょう》の庄吉《しょうきち》さんですね」

四月前《よつき》まで出入りしていたが、命じた仕事を期日までにできなかった。それが続いたので、出入りを差し止めたとのことだった。もともとの腕は、悪くなかったそうな。

「酒癖が、悪いのかい」

「まあそうです」

そんなところだろうと予想がついた。

裏長屋住まいだそうな。その場所を聞いた。

お鈴は上野に向かう。途中の小売り酒屋で、五合の酒を買った。二人に訊いて、庄吉の長屋は分かった。声をかけると、五十絡みの猫背の男が現れた。柄《え》の細長い匙《さじ》を持っていた。仕事をしていたのだろう。酒のにおいはしなかった。

「今は、相模屋さんの仕事はしていないんですね」

「そうだよ」

庄吉は、お鈴が抱えている五合徳利《どつくり》に目を向けた。お鈴はわざと徳利を揺すって、小さな音を立てた。それから百越丸について尋ねた。

「ああ、その薬のことならば知っているよ。おれにもやらないかと、亀七のやつに言われたことがある」

「やらなかったんですね」

「そりゃあそうさ。儲けることしか考えていねえ薬だからな」

「中身について、聞いたんですか」

「聞かねえさ。でも、手間賃は、他よりも高かった」

それで感じたということだった。

「じゃあ、誰がやったか分かっているんですか」

「分かっているさ。そいつから聞いた。でもねえ」

また酒徳利に目をやった。それを寄こせば話す、ということらしかった。そのつもりで持って来たのだから、頷いて言った。

「住まいと名を教えてくれたらね」

「浅草元鳥越町《もととりごえまち》の、太郎吉《たろきち》っていうやつさ」

それで酒徳利を渡すと、すぐに栓を抜いた。ごくりとやった。

「仕事はいいのかい」

「酒を前にして、仕事なんかやっていられるけえ」

悪いことをしたと、お鈴は思った。

それからお鈴は、倉蔵のところへ行った。太郎吉のところへ一人で乗り込んでもよかったが、やめにした。していることを認めても、次の日になったら知らないと言うかもしれない。また話をした後で、相模屋へ知らせに行くかもしれないと考えた。

倉蔵が一緒ならば、そのあたりは抜かりがないと思った。

「そうか、よく捜し出したな」

　褒めてもらった。お鈴は倉蔵と二人で、元鳥越町の太郎吉の住まいへ行った。大通りから、やや西に入った町だ。

　ここでも人に尋ねて、太郎吉の住まいへ辿《たど》り着いた。長屋ではなくしもた屋で、猫の額のような庭があった。

　声をかけると、四十年配の男が出てきた。太郎吉だと名乗った。いきなり現れた岡っ引きに、驚いた様子だった。

「おめえ、相模屋の百越丸を拵えているそうだな」

「いや。相模屋さんの仕事はしているが、百越丸はしていねえ」

「そうか。家探しして出てきたらどうする」

　倉蔵は脅した。凄味のある声で、厳しい眼差しを向けていた。必ずやるという気迫があった。

　太郎吉は、びくりと体を震わせた。倉蔵やお鈴では、薬は見分けられないのだが、そんなことは悟らせない。

「ただでは済まねえぞ。あの薬には、天台烏薬なんざ、ほんの少ししか入っていないっていうじゃねえか」

　と続けた。具体的な薬の名を出したので、覚悟を決めたらしかった。青白い顔になっている。

「す、すみません」

と頭を下げた。

「おめえが拵えて渡したのか」

「とんでもねえ。天台烏薬と麦の粉を言われた通りに塩梅して混ぜたんだ。繋げるために、芋も入れたが」

薬種は、亀七から渡される。渡された薬種で、何粒拵えるという指図を受けたと付け足した。

「ならば一粒に、天台烏薬は微量しか入らぬことは、分かっていただろう。それなのに、高い値をつけていた。知らぬ者に、騙して売ったということじゃあねえか」

「へ、へえ」

「おめえも、一役買ったってえことだ」

「いや、あたしは強く命じられて」

仕方がなくやらされたという言い方だ。けれども阿漕なやり方だとは、分かっている様子だった。倉蔵は太郎吉から、認めたことについて口書きを取った。

「以後、拵えるな。百越丸は拵えず、家から出ずに指図を待て。相模屋にはまだ話すな。話せば、おめえは罪をなすり付けられるぞ」

倉蔵が言うと、太郎吉は怯えた顔で頷いた。

お鈴は倉蔵と共に、お絹のもとへ行った。お鈴が太郎吉を捜し出すまでの顚末と、聞き出した内容について話した。

「そんなとこだろうねえ。阿漕なやつさ」

「しかし相模屋の亀七を、お縄にできるかどうかは何とも言えねえな。何しろ百越丸には、微量とはいえ天台烏薬が使われているのは確かだ。お白洲へ出れば、あいつはあれこれと言い訳をするだろう」

お絹の言葉に、倉蔵が返した。腹立たしいが、倉蔵の言うことは間違っていない。

お鈴は怒りをこめて言った。

「でもね、商人としてしちゃあいけないことをしているよ」

「まったくだ。このままにはできない。売るのを止めさせるだけじゃあ、済まないね」

お絹も腹を立てている。お糸を騙しているから、なおさらだ。いつもと違う。

「懲らしめるには、どうしたらいいんだろう」

「そうだね」

お絹は少し考えるふうを見せてから、お鈴に言った。

「あんた、百越丸を買った人を知っているね。どれだけいるか、当たってごらん。その数だけの怒りが、あるはずだ。まずはそこからさ」

早速、当たることにする。

九

二日後だ。すでに朝夕の風は冷たい。庭の片隅では、萩《はぎ》が赤紫の花房をつけて群れて揺れていた。

お鈴が朝の用事を済ませる頃、腰に十手を差し込んだ倉蔵が顔を見せた。

「じゃあ行こうか」

お絹はそう言って、床の間に立てかけてある鉞の入った錦の袋に手を伸ばした。お鈴は風呂敷の包みを手に取った。

三人で家を出た。日陰は肌寒いが、陽《ひ》だまりに出ると、晩秋の日差しが心地よかった。

向かった先は、神田三河町である。鎌倉河岸の船着場では、今日も荷下ろしが行われていて、人足たちの掛け声があたりに響いていた。

相模屋にも、客の出入りがあった。敷居を跨ぐと、様々な薬草の混ざったにおいが鼻にまとわりついてきた。

「亀七さんと話がしたい」

倉蔵は対応した手代に告げた。腰の十手に手を触れさせている。

「これはこれは、親分さん」

亀七は倉蔵を知らないはずだが、愛想よく言って裏手の商い用の小部屋へ通した。三人の表情から、面倒な話が飛び込んだと感じたのかもしれない。あるいは太郎吉のもとへ手代あたりが行って、異変を感じ取ったということもないとはいえない気がした。

倉蔵が亀七と向かい合って腰を下ろした。お鈴とお絹が、倉蔵の後ろに腰を下ろした形だ。

「早速だが、相模屋では百越丸なる品を一包二粒、七十文で売っているそうだな」

「はい。それはよく効く薬として、ご好評をいただいております」

「嘘をつけ。先日は、効かぬという者が店の前に集まって声を上げたというではないか」

容赦ない言い方なので、亀七は構える眼差しになった。

「いえいえ、そのようなことはございません」

作り笑顔にして、亀七は答えた。

「あたしが見ていたよ。三人の破落戸が現れて、腕ずくで追い払ったけどね」

お鈴が言った。

倉蔵はそのまま、話を進めた。

「百越丸には、謳《うた》っている舶来の薬、天台烏薬は微量しか入っていねえ」

「まさか、そのようなことは、断じてございません」

「とぼけたことをぬかすな。こちらはそれを買って、薬種の玄人に確かめさせた。その上で話しているんだぜ」

必要ならば薬師や医者を集めて、店の前で改めて確かめさせてもいいのだと付け足した。

「いや、それは」

確信のある倉蔵の言い方に、亀七は戸惑いを見せた。「どうぞ」とは、言えないだろう。

「いや、驚きましてございます。私はまったく、存じませんでした。とんでもない話でございます」

わざとらしく、大げさな言い方をした。

「おめえはそれを、一包七十文で売っていたのだ。阿漕な商売じゃあねえか」

「いえいえ、それは違います。私は薬師の太郎吉に騙されたのでございます。私はあの者が、ちゃんと仕事をすると信じていたのでございますが。天台烏薬は高価なものでございますから、あやつはそれを横流ししたのでございましょう」

自分は被害者だ、といった口ぶりだった。

「そうかい。しかしな、太郎吉はそうは言っていねえぜ」

倉蔵は、懐から紙片を出した。太郎吉から取った口書きである。広げて見せた。

「このようなものは、嘘八百でございます」

紙片を持つ亀七の手がわずかに震えたが、口では決めつけるように言った。

「そうかい、あくまでもそう言うならば、この話を町奉行所へ届け出ようじゃねえか。お白洲でやり合えばいい。高値ながら効かぬと声を上げる者は大勢いる。きっと江戸中の評判になるぜ。読売は、面白がって書き立てるだろうからな」

「ううっ」

相模屋にしたら、とんでもない話だろう。言い分はあったとしても、それでは済まない。粗悪品を高値で売っていた事実が、広く伝わる。百越丸だけの問題ではなくなるだろう。

「どうするね」

倉蔵が迫った。

「ですが私どもも騙されたわけでして」

あくまでも太郎吉を悪者にするつもりらしい。ここで銑を抱いたお絹が、片膝を前に出して言った。

「ならばやっぱり、町奉行所へ行くしかないね。あんたは白を切っているが、太郎吉から渡された薬を調べもせずに売った。それは間違いがない。しかも高値でね。薬種屋は、命に関わる品を売っているんだ。騙されたで済むと思うのか」

お絹の啖呵だ。

「し、しかし」

「さあどうする。あたしらは、このままにはしない。覚悟を持って、ここへやって来たんだ」

ここでお絹は、袋から鉞を取り出した。刃先は磨き抜かれている。

それを目にした亀七の顔が、驚愕《きようがく》に歪んだ。まさか老婆が、物騒なものを引っ張り出すとは思いもしなかったのだろう。

こちらの本気が伝わったのは間違いない。

「いったい、どうすればいいので」

ここまできても、町奉行所へ行くのは嫌らしい。

「効くと信じて百越丸を買った者は、ずいぶんいるよ。こっちは昨日一昨日と調べ廻ったんだ。たいした数になったよ」

「…………」

「調べたものを、出しておやり」

これはお鈴に言った言葉だった。

「はい」

待っていましたとばかり、お鈴が持って来た風呂敷包みを開いた。中から出した紙には、百越丸を買った者の名と住まい、そして包数が書かれている。お鈴だけでなく、倉蔵の手先も買った者を捜した。一人ずつ廻って確かめたのである。

こちらが知らなくても、知っている者がいて、そこからさらに他の者を捜し出すことができた。

「ここに書かれている騙された人たちが払った総額は、五十三両になるよ。まだ調べ切れない人は、他にもいるだろうけどね」

亀七は苦々しい顔になって、お鈴に目を向けた。お絹が続けた。

「六十両出すならば、町奉行所へ行かないでやる。もちろん、他に買い入れた人が現れたら、代金を返すということでね」

そして手にした鉞の刃先に指を当てた。刃先に映ったお絹の端整な顔は、ぞっとするくらい不気味だった。

「もしこれからも阿漕な真似をしたら、ただじゃ置かないよ」

と決めつけた。

「わ、分かった。六十両は、出しましょう」

亀七は、肩を落として応じた。

お鈴とお絹、そして倉蔵の三人は、六十両を受け取って相模屋を出た。金子は、お絹が手にした巾着に入れられている。

明日からお鈴は、お糸を始めとする、百越丸を買った者へ金を返しに廻る。被害総額は五十三両だから、七両が余る。

けれどもそれはお絹の懐に入るのだと、訊かなくてもお鈴には分かっていた。

十

翌々日の昼下がり、お糸が八太郎を連れてやって来た。おトヨも一緒だった。

「ああ、桶のお姉ちゃん」

八太郎は、お鈴を覚えていた。

「桶は、上手に積めるようになったかい」

頭を撫でてやりながら、話しかけた。

「うん。もっと、つめるようになるよ」

「それはすごいねえ」

驚く真似をしてやると、満足そうに笑みを浮かべた。

これでお鈴が遠州屋へ様子を見に行ったことがばれてしまったが、それはそれで仕方がないと思った。

お絹は借用証文を返すために、お糸を呼んだのである。

「相模屋の阿漕な商いが分かって何よりでした」

「お陰で、助かりました」

おトヨとお糸が言っている。昨日お鈴は、お糸のもとへ相模屋へ払った代金を渡しに行って来た。他にも廻らなくてはならなかったので長話はしなかったが、丁寧に礼を伝えられた。

お絹は、それについては知らぬ顔をしている。そういえば、亀七から六十両を受け取った後でも、お鈴に対するねぎらいの言葉はなかった。

茶菓を運んだお鈴は、それで部屋を出ようとした。するとおトヨが言った。

「お鈴ちゃんも、お座りなさいな。一緒に話をしてね」

「そうそう、お話をしましょう」

お糸も言った。お絹は何も言わない。駄目ではないという意味だ。

おトヨは餡《あん》をまぶした団子を持って来ていて、お鈴も自分の茶を持って来て腰を下ろした。

「今度は、もっとよく効く薬を探します」

「そうだねえ。八右衛門さんには、よくなってもらわないといけない」

お糸の言葉に、お絹が返した。お糸に向けるお絹の眼差しは優しい。

「薬を選べば、大丈夫ですよ」

とおトヨが言った。

三人の様子を見ていると、三代の祖母、母、娘という姿に見える。とはいえ三人には、血の繋がりはない。血の繋がりがあるのは、自分とお絹ではないかとお鈴は思った。

お鈴は笑顔でそのやり取りに目を向けているが、一緒に楽しめているわけではなかった。

お絹がお糸に向ける眼差しが気に入らない。自分には向けたことがない慈愛のある眼差しだったから。お鈴にとっては、ありえないお絹の姿だ。

普通ならば求める、日割りの利息も取らなかった。


次の日、お鈴はおトヨのもとを訪ねて、不満を伝えた。うさぎ屋へ行くかどうか迷ったが、悶々としているのは性に合わない。倉蔵は、町廻りに出ていていなかった。

「済まないねえ」

聞いたおトヨは、まずそう言った。そしておトヨは話してくれた。

「私が乙兵衛さんの後添えになったとき、お糸さんはなかなか懐かなくて」

亡くなった母親のことは覚えていて、難しい年頃だった。手を焼いたのである。

おトヨがその話をすると、お絹が訪ねて来てくれた。お糸を連れ出して、三人で遊んだ。お糸は、初めお絹の方に懐いた。

「なぜだと思う」

「さあ、優しくしたから」

「そうじゃない。逆だった。分からないことを言ったとき、私は強く出られなかった。でもお絹さんは違った。いけないことはいけないって、はっきり叱った」

「ふーん」

「だから私も、思ったことをはっきりと言うようにした。そうしたら、お糸さんも胸にあることを、ちゃんと言うようになった」

それは嬉しかったと付け足した。

お絹はおトヨとお糸の心を繋げるために、一役買ったことになる。うまくいったかと思われたが、不運なことに盗賊に押し込まれた。乙兵衛が殺され、お糸とは離別という事態になった。

育てさせてほしいと蓬萊屋本家に願ったが、受け入れられなかった。

「私は十両を持たされて、あの子とは別れた。その十両は、悔しかった。だからまだ使っていないの。お糸さんに何かあったとき、そのときに使うつもり」

とおトヨは少しばかり笑った。

「でも、会いには行っていたんでしょ」

「そう。お絹さんも、来てくれた。無念の日々だったけど、それが救いだった。少しばかり貯えがあって、それで細々と暮らしていたんだけど、お絹さんはそれではいけないって私に言ったの」

「どうしろって」

「どうにもならないなら、そうなったことを受け入れて、新たな暮らしを作っていかなくちゃいけないよって。怖い顔だった」

うさぎ屋で働けと伝えられたのである。他に頼れる者はなかった。店を盛り立てるために働いた。一年後におトヨは、倉蔵と祝言を挙げた。一回り以上歳は違ったが、気にならなかった。

「あたしが後ろ盾になるから、あんたは倉蔵との暮らしを大事におし」

お糸のことは気になったが、べたべた会うことはお互いのためにならない。とはいえ、お糸と関わりを切ることはしなかった。

おトヨもお絹も、年に数度様子を見に行っていた。

「お絹さんにとっては、私が娘で、お糸は孫娘みたいなものだね」

お糸を可愛がったわけは分かったが、お鈴にしたらまだ面白くない。それはそうだとしても、自分とは関わりのない話だと思った。

とはいえお絹は、分からないことを口にしたお糸には、厳しく当たったと聞いた。それはいかにも、お絹らしい。それでだいぶ気持ちが収まったが、まだ甘やかしているだろうという思いはあった。

それを口にしてみた。

「そうねえ、そう感じるかもしれないねえ。でもお絹さんにしたら、区別をしている気持ちはないんじゃないかね」

お鈴にしたら、それが面白くないのだ。おトヨは、その気持ちを察したように続けた。

「だってお鈴ちゃんは、これからの人でしょ。お糸さんはもう、家を支える身だから関わり方は違ってくる」

「でもそれは、あたしが半人前ということだね」

「そうじゃあない。どう言ったらいいか、そうそう、お糸さんは歳のいった外孫で、お鈴ちゃんは内孫。そういうことじゃあないかね」

「うーん」

分かったような、分からないような。とはいえそれでも、気持ちはずいぶん軽くなった。うまく言いくるめられたような、気持ちもどこかにあった。

お鈴はうさぎ屋を出た。ほんの少しわだかまりがあるが、そういうときは、豆次郎をからかってやるのに限る。おろおろさせてやるのだ。

甚五郎家の前に行って、垣根を分けて仕事場の様子に目をやった。呼び出そうと思ったが、豆次郎は親方甚五郎と打ち合わせのようなことをしていた。どちらも難しい顔をして向かい合っている。錠前の細工について、話しているのだと思った。

お鈴は声掛けができなかった。豆次郎は錠前のことで、甚五郎の相談相手になっている。半人前から一人前になろうとしているのか。

先月は、追い詰められた旗本に嵌められそうになって、だらしなく泣いていた。それが別人のようだった。難事を乗り越えて、一皮剝けたということか。

つい先日、看板描きの仕事へ行く途中で、木挽町の河原崎座の前を通った。そのとき十一月公演『妹背山女庭訓』の前宣伝の看板が掲げられていた。お鈴は立ち止まって見上げた。久我之助清舟の役を演じる市村團五郎の名が、これまでよりも大きく記されていた。

團五郎は十両役者から抜け出して、千両役者を目指そうとしている。今頃は衣装も調い、稽古に余念がないことだろう。

「團五郎はもちろん、豆次郎も置かれた状況で精いっぱいやっている。負けられない。あたしも早く一人前になってやろうじゃないか」

お鈴は呟いた。お絹は今のままでは自分を一人前とは認めない。自分が変わることで、変えさせるのだとお鈴は腹に力を入れた。

解説――お絹さん、お鈴ちゃんと江戸の町を散歩しよう

永江　朗

鉞《まさかり》ばばあことお絹さんが手に持つのは鉞。孫娘のお鈴ちゃんが持つのは看板描きの道具を入れた合切袋《がっさいぶくろ》。鉞と合切袋が、ふたりを象徴しています。

どちらも現代の日常生活では見る機会があまりありませんが、しかし、完全になくなってしまったわけではなく、使い続けている人がいます。

鉞は斧《おの》の一種です。童話の金太郎が担いでいる、あれ。斧はイソップ寓話《ぐうわ》の『金の斧銀の斧』にも出てくる。横から見ると、斧は長方形ですが、鉞は歯の部分が長いL字形をしています。どちらも木を切ったり削ったりするのに使います。現在も農機具店や工具店などで入手できます。

お絹さんの鉞は、ときに武器になります。殴ったり斬ったりするだけでなく、投げて刺すこともできる。お絹さんは鉞の刃をぴかぴかに研ぎあげ、いつでも使えるようにしています。ただの飾りではありません。

合切袋は口のところに紐《ひも》を通した小ぶりの袋。身のまわりの小物を入れます。一切合

切何でも入れられるので合切袋。トートバッグやサコッシュのようなもの。現代でも和服を着る時、特に男性が使うことが多い。財布、スマホ、ティッシュ、名刺入れ。何でも入る。

お絹さんはお金を貸す時、鉢を見せて借り手の覚悟を確認します。お金というものは軽々しく借りるものではない、ときには命と引き換えになるのだということを鉢で示すわけです。これ、現代の金融機関にも見習ってほしい。「どうぞ借りてください」「簡単に貸せますよ」とそそのかすような広告ばかり目につきます。でも、お金でも物でも、借りたら返さなければなりません。しかも利子をつけて。

お絹さんがお金に関して厳しいのは借り手に対してだけではありません。孫のお鈴ちゃんも、お絹さんから厳しく躾《しつ》けられてきました。本書の第一話「十両役者」の冒頭で、お鈴ちゃんは看板描きをしくじってしまいます。「お足をいただく絵」という言葉が出てきます。お足、つまりお金をいただくに値する看板が描けるかどうかが問題なのです。趣味や遊びではない。お鈴ちゃんが決めた手間賃（料金）は、腰高障子一枚で百二十文、二枚で二百文。日雇い人足の手間賃が一日で二百文から三百文ですから、けっして安い金額ではない。「お足をいただく以上、それに見合ったことをしなくちゃいけない」とお絹さんはいいます。プロとしての矜持《きようじ》です。ちなみに腰高障子というのは、下の部分、二尺から三尺、六〇センチから九〇センチぐらいを板張りにした障子です。

「十両役者」では、團五郎が金を貸すに値する役者かどうかを見定めるため、お絹さんはお鈴ちゃんを連れて彼の芝居を観《み》に行きます。これもお絹さんの金銭哲学。ちゃんと利子を含めて返せる人間なのかどうかを見極める。担保は團五郎の役者としての将来性。「大物になりそうならば、貸してもいい。でも大根で終わるような者ならば、貸せないよ」とお絹さんはいいます。團五郎の芝居を観て、お絹さんがつけた値段、現代でいうところの融資枠は十両です。市村屋一門の後継者、千代之助なら千両なのに、その百分の一。厳しい！

しかし、冷静に考えると、お絹さんは強欲というわけではない。返せる範囲でお金を貸す。そのお金が、借り手にとって生きたお金となる確信があるから貸す。とても良心的な金融業者といえましょう。銭は怖いけど。

江戸っ子は「宵越しの銭は持たない」といいました。稼いだお金はその日のうちに使っちゃう。貯《た》めたりしない。気前よくおごっちゃったりして。でも、宵越しに持てるほどの銭はなかった、余裕がなかったから、とも考えられます。

蓄財に関心が薄かったのは火事が多かったからではないか、という話を聞いたことがあります。「火事と喧嘩《けんか》は江戸の華」といわれるほど火事が多かった。本書でもお鈴ちゃんと錠前職人の豆次郎は火事で両親を亡くしています。お金を貯めて立派な屋敷を構えても、火事になってしまうとすべてを失います。だからパッと使ってしまう。

江戸が火事に弱かったのは、狭い土地にたくさんの家屋がひしめき合っていたからです。しかも家屋は木造。いつだったか日本の大火を伝える海外のニュース番組を見ていたら、「木と紙でできている日本の家は、あっという間に燃えてしまいました」といっていて、そのときは「そんないいかたはないだろう」と、いささかムッとしましたが、たしかに伝統的な日本家屋は木と紙でできています。建てられて何年も経《た》った家はカラカラに乾いていますから、火の回りも早い。特に冬は関東の空っ風が吹く。密集しているのですぐ隣の家に燃え移ります。

消防体制も貧弱でした。江戸の町火消というと、現在もお正月の出初め式で勇ましい姿を見せてくれますが、しかし消火能力は低く、火事になったら家屋を壊して燃え広がるのを防ぐしかない。消火イコール家屋の破壊です。道路を拡幅して広小路をつくったのも延焼を防ぐためです。

お鈴ちゃんや豆次郎のように、火事で両親を失った子供たちは珍しくなかったでしょう。でも、厳しくて口は悪くても温かな寝床と食べ物を用意してくれるお絹さんのような祖母や、子供がいないからともらってくれる甚五郎親方とお玉さんのような人に出会えたお鈴ちゃんと豆次郎は幸運だったと思います。

「鉞ばばあと孫娘」シリーズの楽しさのひとつは、地名がたくさん出てくることです。ぼくはよく地図を参照しながら本を読むのですが、お鈴ちゃんはよく歩きますねえ。

お鈴ちゃんがお絹さんと住むのは神田松枝町。現在の千代田区岩本町《いわもとちょう》二丁目あたりです。大雑把にいうとJRの秋葉原駅から南に進んで神田川を越えた先、地下鉄岩本町駅の近く。江戸城の大奥にいた松ヶ枝《まつがえ》という老女中の名に由来するという説があるようです。「十両役者」の冒頭で看板を描きに行く小間物屋は湯島六丁目。現在の文京区本郷《ほんごう》三丁目あたりです。豆次郎が住む甚五郎親方の家は神田小泉町。神田松枝町の西隣の町で、こちらも現在は岩本町二丁目。

先にも書いたように、お絹さんは團五郎が金を貸すに値する役者かどうかを見極めるため、お鈴を連れて木挽町の河原崎座に出かけます。木挽町は現在の中央区東銀座の東側部分。江戸城大修理のとき、木をのこぎりで引いて加工する職人が多く住んだことが由来。江戸時代には芝居小屋が集まっていました。現在は隈研吾《くまけんご》さんデザインの高層ビル、歌舞伎座タワーがそびえ、その足もとにはかつての姿そのまま活《い》かした歌舞伎座があります。歌舞伎座の地下二階には木挽町広場。

お鈴ちゃんは湯島六丁目で看板を描き直して神田松枝町の家に戻り、ちょっといい着物に着替えて木挽町の河原崎座へ。現代の地名に言い換えると本郷三丁目から岩本町二丁目の自宅に帰り、東銀座まで。けっこうな距離ですね。もちろん帰りも歩く。

木挽町には芝居茶屋がありました。辞書を引くと「歌舞伎観劇機関」などと説明されていますが、休憩所兼食堂であり、芝居小屋の席の予約と案内や持ち物の預かりなど、観劇にまつわるサービスを一手に引き受けました。いまも東京や大阪、名古屋に残る相撲茶屋の歌舞伎バージョンと考えればいいでしょう。

團五郎の住まいは築地南飯田町。現在の中央区築地七丁目。築地本願寺の裏手あたりでしょうか。築地というのは木挽町の先の海浜を埋め立ててできた土地、築いた土地、という意味です。

お鈴ちゃんは日本橋住吉町の青物屋へ利息を受け取りに行き、ついでに團五郎の様子を見るため築地南飯田町を訪ねます。日本橋住吉町は現在の中央区日本橋人形町《にんぎょうちょう》二丁目・三丁目。このあたりは広い通りから一本入ると、江戸の風情が残っています。

團五郎が舞台衣装を誂《あつら》える宮戸屋があるのは内神田通新石町。現在の千代田区神田須《す》田町《だちょう》一丁目です。こちらはお絹さんとお鈴ちゃんの住む松枝町から西に数百メートルほどいったあたりですから、ご近所といってもいいでしょう。

團五郎は小判二十五枚を懐に入れ、南飯田町の自宅から宮戸屋に向かいますが、途中でご贔屓筋《ひいきすじ》に挨拶をしなくてはと思い、神田小泉町の葉茶屋の隠居の家に寄ります。ご隠居の家を出て横道に入ったところで賊に襲われる。神田小泉町は神田松枝町の西隣。そして、お絹さんの弟の倉蔵が女房のおトヨと田楽屋のうさぎ屋を営んでいる町です。

團五郎の役者仲間――というか、二十五両強奪犯かもしれない人物ですが――の住まいは、それぞれ芝口新町と師匠の市村段十郎の住まいでもある築地南小田原町二丁目。

現在の港区新橋一丁目と中央区築地六丁目。新橋一丁目は新橋駅のあたり。役者仲間の喜三郎の贔屓客で足袋《たび》屋のおかみ、お鶴の店は芝源助町。現在の港区東新橋一丁目あたりです。

このように、小説に出てくる地名から現在の住所を検索し、地図で見ていくと、「十両役者」の出来事のほとんどが、現在のＪＲ総武線の御茶《おちゃ》ノ水《みず》駅から浅草橋駅、日比谷《ひびや》通《どおり》、愛宕《あたご》から浜《はま》離宮《りきゅう》、そして隅田川《すみだがわ》で囲まれたエリアで起きることがわかります。

このあたりはお絹さんやお鈴ちゃんが暮らしていたころとはすっかり様変わりしました。江戸時代にはくり返し大火事がありましたし、徳川幕府の瓦解と明治維新、そして関東大震災や第二次世界大戦がありました。拡幅された通りには自動車がひっきりなしに走り、長屋がひしめき合っていた街区にはビルが建ち並んでいます。それでも裏路地に入ったり、隅田川べりを歩いたり、浜町《はまちょう》や明石町《あかしちょう》河岸の公園、そして浜《はま》離宮恩賜《りきゅうおんし》庭園（こちらは有料ですが）のベンチに腰を掛けると、お絹さんやお鈴ちゃん、倉蔵やおトヨさんの声が聞こえてくるような気がします。

あなたも第二話「錠前造り」や第三話「内孫外孫」のマップをつくりながら、銑ばばあと孫娘の世界を歩いてみませんか。

（ながえ・あきら　書評家）

集英社文庫

鉞《まさかり》ばばあと孫娘《まごむすめ》貸金《かしきん》始末《しまつ》　十両役者《じゅうりょうやくしゃ》

2025年1月30日　第1刷　　定価はカバーに表示してあります。

著　者　千野隆司《ちのたかし》

発行者　樋口尚也

発行所　株式会社　集英社
東京都千代田区一ツ橋2-5-10　〒101-8050
電話　【編集部】03-3230-6095
【読者係】03-3230-6080
【販売部】03-3230-6393（書店専用）

印　刷　TOPPANクロレ株式会社

製　本　TOPPANクロレ株式会社

フォーマットデザイン　アリヤマデザインストア　　マークデザイン　居山浩二

ISBN978-4-08-744736-1 C0193